나는 꿈을 이룬 부자다

평범한 사람의 살아가는 이야기

나는 꿈을 이룬 부자다

초판 1쇄 찍은날 2017년 4월 7일
초판 1쇄 펴낸날 2017년 4월 10일

지은이 이정두

펴낸이 최윤정
펴낸곳 도서출판 나무와숲 | 등록 2001-000095
주 소 서울특별시 송파구 올림픽로 336 1704호(방이동, 대우유토피아빌딩)
전 화 02)3474-1114 | 팩스 02)3474-1113 | e-mail : namuwasup@namuwasup.com

ISBN 978-89-93632-62-0   03810

평범한 사람의 살아가는 이야기

나는 꿈을 이룬 부자다

이정두 지음

저는 글쓰기를 제대로 배운 적이 없습니다. 나이가 들어 가면서 한두 번 마음을 표현한 글들을 낙서하듯 초등학교 카페에 가끔씩 올리기 시작한 것이 취미 비슷하게 되었습니다.

잘 쓰지 못하는 글이지만 몇 년 전부터 써왔던 글들을 모아 보고 싶은 마음이 생기던 차에 블로그를 만들기로 마음을 먹었습니다. 컴맹이나 다름없는 제가 아들과 딸의 힘을 빌려 블로그를 만들고는 어린아이처럼 기뻐했습니다.

나의 어린 시절 이야기, 수필, 시, 그리고 기독교인이라 신앙 간증 등 여러 가지 내용을 장르 구분 없이 수록했던 것을 책으로 출간하면서 장르별로 구분해 보았습니다.

시골에서 자라면서 경험하였던 일들과 사회생활을 하면서 겪었던 일, 가정생활, 또 신앙인으로서 나의 믿음에 대한 것들입니다.

그리고 카페에 올렸던 글이 대부분이므로 우리 초등학교 동창들만 이해할 수 있는 글도 여러 편 있을 것입니다. 그 점은 양해 바랍니다.

이 책을 보시고 여러분의 마음속에도 공감하는 것이 있어 재미있고, 때로 잔잔한 감동이 느껴진다면 더할 나위 없이 기쁘겠습니다.

읽어 주시거나 제 블로그를 방문해 주시는 분들을 환영하며, 하나님의 은총이 함께하시기를 기원합니다.

2017년 3월

이정두

///\\\\///\\\\///\\\\///\\\\

일상 이야기

믿음 생활

가족과 가정

시편

일상 이야기

\\\\\\///\\\\///\\\\\\\///\\\///\\\\\\\

이 글들은 어렸을 때의 이야기들과 그동안 살아오면서
느끼고 겪었던 일들을 모은 것입니다.
저와 비슷한 환경에서 자란 사람도 있을 테고,
다른 환경에서 자란 사람도 있을 것입니다.
초등학교 친구들의 카페를 들락거리며 썼던 글들로
함께 공유하고 싶어 실었습니다.

풋복숭아

/

     어제 공장을 다녀오다 길 옆에서 복숭아를 파는 원두막을 보았다. 맛있게 보이는 복숭아가 잔뜩 쌓여 있길래 차를 멈추고 내렸다. 과수원 주인이 직접 복숭아 몇 무더기를 듬성듬성 쌓아놓고 지나가는 사람들에게 팔고 있었다.

    주인 앞에서 "벌써 이렇게 커서 익었네!" 하며 너스레를 떨었다. 사실 요즘 복숭아를 자주 사서 먹었는데 실없는 얘기로 과수원 주인에게 일부러 친숙함을 보이기 위한 것이었다. '맛이 어떨까?' 하고 궁금한 마음도 들었다.

    중·고등학교 시절 양곡에서 우리 동네로 오는 길 옆에 은종이네 과수원에서 나던 복숭아 맛이 생각났다. 그 복숭아는 참 맛이 좋았다. 그 복숭아를 한두 번 몰래 따먹었는데, 유난히 크고 맛있었다는 기억이 난다. 당시 남의 것에 손대면 얼굴부터 벌게지고 손발이 유난히 후들거려 뒤에서 망을 봐주는 것이 나의 역할이었다. 그래서 망을 봐주는 대가로 한두 개 얻어먹었는데, 그것이 그렇게 맛이 좋을 수 없었던 것이다.

중학교 때는 은종이와 별로 친하지 않았는데, 사회에 나와서 같은 서교동에서 사업을 하면서 어려운 일이 있으면 서로 도와주고 의논도 하는 막역한 친구가 되었다. 외가 쪽 먼 친척이라는 사실도 그제야 알았다. 지금도 가장 친한 친구 중 한 사람으로 한 달에 한두 번은 식사를 같이한다. 어렸을 때 따먹었던 복숭아 얘기를 하면 초원지리 놈들이 많이 따먹은 것 다 안다고, 그때 따먹은 복숭아 값으로 밥이나 사라고 농담하여 밥을 산 적도 있다. 아무튼 복숭아 맛은 나에게 은종이네 복숭아가 기준이 된다.

공장 가는 길에 사온 복숭아를 저녁때 냉장고에 보관했다가 꺼내 먹으니 맛이 참 좋았다. 올해는 날씨가 덥고 비가 그리 많이 내리지 않아 당도가 다른 해보다 높아서 맛이 그렇게 좋다는 게 아내의 설명이다.

복숭아 하면 또 다른 추억이 있다. 초등학교 다닐 때는 익은 복숭아 먹기가 그리 쉬운 일이 아니었다. 우리 동네에는 과수원에서 복숭아를 받아 광주리에 이고 이집 저집 다니며 파는 아주머니가 계셨는데, 그분은 나와 같은 반 여자아이의 어머니였다. 그 아주머니가 오시면 할머니가 보리쌀을 주고 복숭아를 한 바가지 사서 가족과 같이 먹었던 기억이 난다. 그 아주머니는 철이 바뀔 때마다 다른 과일을 가져와서 팔았으므로 우리는 그 아주머니의 단골이었던 셈이다.

시골이라도 익은 복숭아를 먹는 것은 쉽지 않은 일이었는데, 복숭아 과수원이 그리 많지 않았던 걸 보면 고급 과일이었던 것이 아닌가 한다.

하지만 풋복숭아는 5월이 되면 우리 눈에 자주 띄었다. 학교 앞 모든 가게들이 함지박에 수북하게 쌓아놓고 1원에 몇 개씩 팔았기 때문이다. 풋복숭아는 당원이나 사카린 같은 화학 감미료를 섞은 다음 씻어 팔았다. 단맛이 가미되어서인지 꽤나 맛있었다. 배고픈 시절이었던지라 아이들에게 인기 있는 주전부리 식품이었다.

가끔 바른 소리 잘하는 지누니와 오비니가 어린이 자치회 때 "풋과일을 사먹지 말자"고 의견을 내놓아 풋복숭아를 먹고 배탈 나는 것을 방지하려고 애를 쓰기도 하였지만, 지누니나 오비니 역시 풋복숭아를 좋아하여 잘 사먹었던 것으로 기억된다.

하루는 동네 친구 자일이가 6원이 있다고 자랑을 했다. 10환짜리 (당시 10환짜리 동전은 1원으로 통용되었다) 하나와 5원짜리 하나가 있었는데, 그것을 가지고 무엇을 할까 의논하기 위해 자랑을 한 것이었다.

마침 5월이라 풋복숭아랑 새로 나온 싱아를 아이들이 먹기 시작할 무렵이었다. 그런데 아쉽게도 우리 동네에는 복숭아밭도 없었고, 산도 낮아 싱아가 없었다. 싱아는 수안산에서 많이 자랐는데, 수안산 밑에 사는 운섭이, 상혁이, 이낙이가 부럽기만 했다.

가끔 이낙이가 싱아 줄기를 학교에 가지고 와서 한두 개 집어주곤 하였지만 그것을 얻어먹기란 쉬운 일이 아니었다. 이낙이가 거드름을 피우면 치사하기 그지없었다. 우리가 제안했다.

"자일아, 작은 수안산 가서 풋복숭아 사먹자."

수안산 옆에는 좀 낮은 산이 있는데, 우리 동네에선 작은 수안산이라 불렀다. 그전에 운섭이가 몇 차례 자기 동네에 가면 풋복숭아를 싸게 사먹을 수 있다고 알려주었기 때문에 우리는 싱아도 먹을 겸 풋복숭아도 먹을 겸, 수안산 가재도 잡을 겸, 운섭이 어머니가 차려주시는 간식도 얻어먹을 겸 여러 가지 목적을 갖고 볼우물로 갔다.

동네 친구들과 볼우물 친구들 예닐곱 명이 함께 어우러져 가재도 잡고, 싱아도 흡족할 정도로 따먹었다. 먹고 남은 것들은 책보에 쑤셔넣었다. 그리고 반대편 작은 수안산으로 가서 6원을 주고 풋복숭아를 샀는데 와! 그렇게 많이 주다니! 학교 앞 가게에서 사면 1원에 다섯 개, 6원이면 30개밖에 안 주는데, 두 됫박에 덤으로 반 되를 더 주는 것이었다. 과수원 아주머니와 아저씨는 정말 마음이 좋은 분이셨다(나중에 알았지만 그분들은 우리 중학교 여자 동창의 부모님이었다. 후에 그 동창은 면사무소 민원계에 근무하여 자주 만났다).

그 많은 풋복숭아를 가까스로 들고 우리는 운섭이네 집으로 가져왔다. 운섭이 어머니는 가게에서 파는 것보다 더 깨끗하고 맛있게 닦아주셨다. 운섭이 어머니는 우리가 가면 늘 먹을 것도 챙겨 주시고 우리 노는 것에 배려를 많이 해주셨다.

앉은 자리에서 그야말로 배가 터지도록 먹은 우리는 해가 기울 무렵 싱아와 가재로 이미 불룩해진 책보를 풀어 풋복숭아를 넣고 다시 묶었다. 우리는 양손으로 책보를 껴안았다 어깨에 멨다 하면서 벌판을 건너 우리 동네로 향했다.

즐겁게 재잘거리며 벌판을 건너 중간쯤 왔을 때 난리가 났다. 어찌 된 일인지 속이 메슥거리기 시작하더니 순식간에 배가 부글부글 끓어오르고, 그 부글부글 끓는 것이 거품이 되어 목구멍으로 자꾸 넘어오는 것이었다. 나만 그런 줄 알았더니 다른 친구들 모두 증세가 똑같았다. 논두렁을 기어오면서 '끄윽', 잠시 걷다가 주저앉아 '끄윽', 그 짓을 여러 차례 하면서 동네 앞 수리조합 둑에 다다른 우리는 모두 지쳐 나자빠지며 토해 버렸다. 어느 정도 누워 있다가 통통 부풀고 아픈 배를 이끌고 각자 집으로 돌아갔다.

나는 그날 밤새도록 고생했다. 그러나 다음 날 나를 비롯한 친구들은 빠끔한 눈에 얼굴은 핼쑥했지만 아침 일찍 학교로 향하는 발걸음은 당당하고 힘이 실렸다. 어제 따온 싱아와 풋복숭아를 가지고 아이들한테 자랑하며 세도를 부려야 하니까. 지누니에게도 주고, 작년 여름 강당 뒤에서 참외를 같이 먹었던 명기에게도 신세 갚고, 오비니에게도 자랑해야 했기 때문이다.

지금 생각해 보니 그 증세는 싱아와 당원으로 감미가 된 풋복숭아가 뱃속에서 화학 발효를 일으키면서 부글부글 끓어올랐기 때문인 것 같다. 우리 동네에서 구하기 힘든 귀한 싱아와 풋복숭아를 배가 터지도록 정신 없이 먹었으니…….

이제는 풋복숭아를 거의 팔지 않는 것 같다. 6월이 되면 그와 비슷하게 생긴 매실을 많이 보게 되는데, 이 매실은 각 가정에서 설탕에 재어 매실차도 만들고 장아찌도 만들어 기호식품으로 먹는다.

당시 그 풋복숭아는 꽤 커보였는데, 지금 과수원에서는 복숭아를 솎아 주면서 그대로 따버린다고 한다.

우리가 어렸을 때에는 그것도 없어 먹지 못했는데, 지금 그것을 아이들에게 주면 먹을까? 입으로 한번 베어 물고는 이내 '퉤퉤' 하고 뱉어 버릴 것이 뻔하다. 입맛도 변했고, 먹을 것도 풍성해졌고, 인스턴트 식품과 패스트푸드가 아이들 입맛에 맞는 간식거리가 되어 버렸기 때문일 것이다.

　놀이 문화도 주로 실내에서 하는 컴퓨터게임이나 전자게임이 주종을 이룬다. 가재 잡고 싱아 따고 풋복숭아 먹으며 이 산 저 산 뛰놀던 추억은 우리의 몫일 뿐, 요즘의 아이들에겐 그냥 재미없는 이야기일 수도 있다.

나의 프러포즈

/

            첫 직장을 2~3년 다녔을 무렵 결혼
해야겠다는 생각을 했다. 나이도 20대 후반이고 다른 친구들도 대부
분 결혼하니까, 또 혼자 사는 것은 외롭다는 생각에 그런 생각을 더 한
것 같다.

    학교 때 잠시의 연애, 오랜 기간의 짝사랑, 가끔 들어오는 소개팅.
기껏 만나 봤지만 마음에 안 찼다. 작은 오퍼 회사를 다니고 있었으나
봉급은 그리 만족할 만한 것이 못 되었다. 일본 공급업체의 영업팀이
한 달에 평균 10일 정도는 출장을 왔는데, 사전 출장 준비를 하고, 같
이 출장 다니고, 또 출장 후에 보고서를 작성하는 일 등으로 바쁜 나날
을 보냈다. 특히 그들이 출장 오면 밤의 세계로 이끌리는 그런 생활의
연속이었다.

    시간도 별로 없고 일에 시달리는 생활을 하던 중, 사촌형수가 좋은
사람을 소개한다 하여 못 이기는 척 호텔 커피숍에서 만나기로 약속

을 했다. 좀 일찍 나갔는지, 제 시간에 맞춰 나갔는지 먼저 기다리게 되었다. 들어오는 여자들을 눈여겨보면서 속으로 '저 사람은 아닐 거야', '저 사람이면 얘기해 볼 만하지' 하고 몇 사람을 흘려 보냈는데, 여자 두 분이 앞자리로 와 앉으며 형수에게 인사를 했다. 미안한 얘기지만 들어올 때 '저분들은 아니겠지!' 하고 생각했던 사람들이었다.

그때까지도 나에게는 건방진 왕자병 같은 것이 있었다. 당시 봉급이 18만 원 정도로 낮은 편이었고, 이렇다 내세울 만한 것도 없는, 보잘것 없는 농민의 아들에 불과한데도 그랬다.

하기야 살던 동네에 그때까지만 해도 대학을 나온 사람이 서너 명에 불과했으니 시골 마을 사람들로서는 기대를 함직한 청년이기도 했을 것이다. 하지만 대처 서울에서 보면 하잘것없는 촌놈에 불과했다. 그런데도 왕자병 같은 게 있었던 것이다.

적당히 이야기하다 적당히 헤어지자는 생각을 했으나, 형수의 말이 괜찮은 학교에서 공부했고 그 언니 성격을 보니 괜찮을 것 같다며 그냥 보내지 말라는 당부가 있었기에 대화를 좀 길게 했던 것 같다. 아니 대화를 하다 보니 이야기가 통하고, 여자의 매력이 솔솔 느껴져 시간 가는 줄 몰랐던 것이다.

그냥 헤어질까 하다가 '한 번 더 볼까?' 하는 마음이 갑자기 생겨서 애프터를 신청했다. 그렇게 몇 차례 더 만나면서 나의 처지라든지 직장생활, 주변 얘기들을 다 풀어놓았다. 그 의미는 '이런 사람이니까 같이 살 수 있겠냐'는 것이었다. 상대방은 나보다 조건이 훨씬 좋은 종합병원 수간호사였으니 말이다.

그러면서 삶의 태도와 앞으로 함께 살아갈 반려자가 될 수 있는가를 나름대로 면밀히 살폈다.

어쨌든 마음의 동요, 즉 사랑하는 마음이 뜨거워지기 시작함을 느끼자 결단을 해야겠다고 마음먹고, 토요일 오후 덕수궁 안으로 들어갔다. 사실 덕수궁 돌담 길은 전부터 헤어지는 길로 유명해서 연인들이 별로 좋아하는 곳은 아니었지만, 덕수궁 안에 들어가 일을 벌인 후 그 돌담 길을 걷든지 말든지 결론을 내자고 맘을 먹었던 것이다.

이런저런 이야기 끝에 나는 떨리는 마음을 억누르며 너스레를 떨었는지, 온 마음을 다해 그랬는지 모르겠으나 아무튼 결혼하자고 프러포즈를 했다. 상대도 이제까지 몇 번의 만남을 통해 나를 좋게 보았는지 계속 만나 주었다.

나중에 결혼한 후 아내에게 물었다. 왜 나를 선택했냐고. 대답인즉 세 번째 만났을 때 회사일로 약속 시간보다 늦게 오는데, 그때 헐레벌떡 땀흘리며 오는 모습을 보고 '이 사람은 모든 일에 책임감이 있고 열심이겠구나!' 하고 느꼈다는 것이다.

사실 나에겐 시간 관념에 대한 스트레스가 있어 약속 시간 지키는 것을 아주 중요하게 생각한다. 그런데 일을 마치고 헐레벌떡 오는 모습이 아내에겐 그렇게 보였던 것이다.

또 하나는 착하게 보였다는 것이다. 데이트를 하는데, 자신의 가방이 좀 무거워 보였는지 들어주었다고 했다. 사실 나는 그랬던 것조차 잊어버렸다. 그런데 아내는 그렇게 마음 쓰는 것이 착해 보였다고 한다. 남자로서 여자한테 매너 있게 행동하는 것은 당연한 일이건만…. 사실 그러한 나의 태도는 어려서부터 부모님한테 배운 것이었고, 인성 또한 그렇다.

하던 이야기로 되돌아가 보자.

초가을 따뜻하고 청명한 날이라, 덕수궁 안은 비교적 한가롭고 평화로웠다. 옆 벤치에서 청년 셋이 기타를 치면서 노래를 하고 있는데 제법 잘한다는 느낌이 들었다. 프러포즈를 하는데 좀 방해가 되었지만, 어쩐 일인지 나는 그 친구들을 불러 말했다.

"내가 방금 이 아가씨한테 프러포즈를 했는데 축가를 좀 불러 주시겠어요?"

나의 어이없는 행동에 '별놈 다 보겠네!' 하면서 자리를 피하거나 이상한 친구들이라면 거친 행동도 할 수 있었건만, 그 친구들은 축하한다며 즉석에서 생전 들어 보지 못한 그들의 자작곡으로 기타를 연주하며 노래를 불러 주었다. 지금도 기억나는 것은 노래 끝 부분에 "검은 머리가 파뿌리 되도록 아주 잘 사세요!"라는 구절이었다. 대단한 축가를 받은 셈이다. 그런 축가를 받은 사람은 이 세상에 아마도 없을 것이다.

고맙다고 인사하고 우리는 계속 그 자리에 앉아 이야기했다. 마음 놓고 손도 잡았다. 혹시 그 친구들을 만나면(전혀 기억도 안 나는 친구들이지만) 크게 대접해 주고 싶은 마음이다.

그 후 처갓댁에도 인사하러 갔다. 공손하게 예의 갖추어 여러 가지를 물어 보셨다. 짓궂고 삼엄한 언니 동생들의 면접도 무사히 치렀다. 인사를 하였으니 부모님에게 확답을 받고 가야겠다는 마음으로 신발을 신고는 "그만 돌아가겠습니다. 이만하면 괜찮으시죠?" 하고 여쭈었다. 참으로 당돌하고 뻔뻔한 질문이었을 것이다. 부모님은 어안이 벙벙해 하시고, 언니와 여동생들은 깔깔대며 박장대소했다.

그 후 어렵고 힘들게 사랑하고 결혼한 우리는 반지하방 전세에서 시작해 죽을 고생도 많이 했지만 아들딸 낳고 지금 잘 살고 있다.

처음부터 '천상의 여자구나!' 하고 생각했던 것보다 마음이 여리고 착한 아내라 내가 많은 보살핌을 받는다. 장모님 음식 솜씨를 배운 데다 특별함이 더 있어 세상에서 가장 좋은 음식을 먹고 있기도 하다. 아이들도 내 도움을 받기보다 손수 잘 관리하여 좋은 아들딸로 잘 키웠다.

글쎄, 이제 남은 생 어떻게 행복하게 살아갈까?

이제껏 나는 이리저리 세상 구경, 세상일 잘 하며 잘 살았지만, 아내는 모두 희생뿐이었다. 남편과 아이들에게 모든 것을 다 바치느라 인생을 즐길 시간이 없었다는 이야기다.

이율배반적인 이야기 같지만 이제부터는 본인이 여유를 갖고 삶을 즐기기 바란다. 내가 '이렇게 합시다'라고 하는 것보다 자신이 좋아하는 것을 하면 좋겠다는 생각이다. 물론 내가 도울 수 있으면 적극 도와주겠지만 말이다.

추억의 주전부리

/

"야, 이놈들! 산을 다 망쳐 버리는 놈
이 누구냐? 거기서 꼼짝 마라!"

순간 용득이와 근정이, 그리고 건모는 삽자루를 들고 후다닥 산 위
로 뛰어 달아났다. 그런데 용득이가 가던 걸음을 갑자기 멈추고 뒤돌
아서더니 대여섯 뿌리 캐어 두었던 칡뿌리를 챙겨 들고 다시 산 위로
내뺐다.

2월 말이나 3월 초가 되면 칡뿌리는 봄을 맞기 위해 영양분을 가득
담고 있을 때라 맛이 아주 좋다. 이때가 칡뿌리를 캐는 적기인 셈이다.
시골의 자연생 주전부리는 칡뿌리부터 시작된다.

이 아이들이 살고 있는 동네는 산이 낮은 탓에 칡뿌리가 없다. 그
래서 벌판 건너 십 리 가까이 되는 수안산을 넘어 갈매울 뒷산에서 산
주인 몰래 칡뿌리를 캐기 위해 온 것이다. 산 주인의 갑작스런 호령에
놀라 겨우 몇 뿌리만 손에 거머쥐고 돌아왔지만, 그래도 작은 소득이

있어 의기양양하다.

용득이는 기분이 좋다. 내일 교실에 가서 큰소리를 칠 수 있기 때문이다. 칡뿌리를 6~7센티미터 간격으로 토막 내어 알이 통통하게 찐 것 예닐곱 개를 책보따리에 싸놓고 잠을 청했다.

며칠 전 성학이, 언학이란 놈이 칡뿌리를 가져와 친한 척하는 몇 명한테 하나씩 주고는 하나만 달라고 조르던 자신에게는 겨우 한 입 베어물게 하고는 그걸로 끝이었다. 그 달콤씁쓸한 칡을 질겅질겅 씹어 마지막 남은 섬유질까지 꿀걱 삼켜 버렸던 것을 생각하며 자존심이 상했던 용득이는 동네 친구들이랑 일요일 조반을 먹고 칡을 캐러 간 것이었다.

다음 날 용득이와 근정이 그리고 건모는 아이들의 부러움을 사며 칡이 없어질 때까지 반에서 한껏 거드름을 피웠다.

2~3주 후에는 용산머루에 사는 장훈이와 성만이가 삘기를 한 움큼 들고 와서 아이들에게 몇 개씩 나누어주었다. 아직 풀이 돋아나기 전 억새 같은 꽃을 피우기 위해 발그스레 머리를 내밀며 삐죽이 올라오는 삘기를 뽑아온 것이다. 장훈이와 성만이는 이 삘기가 어디에 많은지 자기 동네 요소요소를 잘 알고 있다.

그날 이후 며칠 동안 이쪽 동네 저쪽 동네 아이들이 삘기를 한 움큼씩 뽑아와 껌처럼 질겅질겅 씹어 삼켰다.

봄이 오자 여자아이들은 삘기도 뽑고 개삘기(개풀)도 뽑아 먹었으나 소쿠리와 호미를 들고 주로 냉이와 달래, 쑥을 캐러 양지바른 곳을 찾아다녔다. 남자아이들은 자기들 주전부리를 채취하기 위해 다닌 것에 비해, 여자아이들은 제법 어른스럽게도 식구들과 같이 먹을 반찬거리를 캐러 다닌 것이다.

바닷가에 사는 영혁이와 근영이는 봄이 되면 고동을 잡아왔다. 뒷부분을 어금니로 분지른 후 고동 주둥이 쪽을 '쪽~' 하고 빨면 안에 들었던 짭짤한 살코기가 입 속으로 쏘옥 빨려들어오곤 했다. 마음 착했던 이들은 친구들에게 몇 개씩 주기도 했다.

이때쯤 이 친구들이 도시락을 가져오면 반찬이 남달랐다. 도시락 뚜껑을 열면 빨간색이 도는 나문재 나물이 반찬통에 먹음직스럽게 담겨 있었다. 갯벌에 돋아나는 풀을 채취하여 삶아낸 것을 고추장에 무친 것이었다. 성격이 세심한 그네들은 다른 아이들에게도 한번 맛을 보여주는 배려심을 발휘했는데, 짭짤하고 매콤한 고추장에 어우러진 맛이 그만이었다.

우리 세대는 지금과 같이 공장에서 제조된 인스턴트 식품이나 고기류를 거의 먹을 수 없었던 시대에 자랐다. 있다면 비스킷이나 눈깔사탕, 여름철에 다 떨어진 신발이나 병, 고물, 심지어 마늘이나 감자와 바꿔 먹던 아이스케끼 정도였다. 그즈음 라면이 처음 나왔던 것으로 기억한다.

그때의 추억을 떠올리며 아이들이 즐겨 먹었던, 자연에서 나는 말 그대로 천연 주전부리를 생각나는 대로 열거해 보려 한다. 이러한 것들을 먹고 자라서인지 우리는 지금 아이들과 달리 아토피라든가 알레르기 같은 것은 거의 모르고 자랐다.

분명 그때의 식품, 아니 자연이라는 것이 더 합당한 말이란 생각이 드는데, 그때의 것들은 우리에게 어떠한 해도 주지 않은 것 같다. 배고픔과 생리적 욕구를 위대한 자연이 계절 따라 우리에게 끊임없이 채워

주었던 것이다. 결코 풍성하지는 않았지만 여러 가지 선물을 주고, 우리는 그것을 누리면서 살아왔던 세대라 할 수 있다.

지금 생각하니 자연은 우리에게 너무나 아름답고 즐거운 추억을 남겨주었다. 우리에게 베풀어 주었던 것에 감사함을 느끼면서 한편으로는 그 자연을 파괴하면서 살아온 지난날들이 죄스럽게 생각된다.

봄이 되면 자연에서 여러 가지 주전부리 할 것이 생겨나 식생활에 커다란 변화가 왔지만, 기본적으로 양식이 부족하여 아이들은 보리를 수확하기 전까지는 많이 배고팠던 때이기도 했다.

4월 초가 되면 산에 올라가 진달래꽃을 따먹기도 하고, 파룻파룻 돋아나는 싱아를 침 흘리며 뜯어 먹기도 했다. 싱아는 대가 올라오면 껍질을 벗겨 먹었는데, 산 아래쪽에 나는 싱아와 산 위쪽에 나는 싱아는 그 종류가 달랐다. 산 아래쪽에 나는 것은 흩어져 듬성듬성 자라고 신맛이 더 강했다. 작은 소리쟁이(소루쟁이) 같아서 잘 구분 못 하는 아이도 있었다. 반면 산 위쪽에 나는 싱아는 신맛이 덜하고 대가 굵어 먹기가 좋았다. 또 군락을 이루어 자라기도 하고, 쪽풀과 비슷하지만 잎이 크고 대가 굵어 쉽게 구별할 수 있었다. 하지만 이것 역시 눈썰미가 없는 아이들은 쪽풀을 싱아로 알고 뜯어먹다가 맵고 아린 맛에 기겁을 하곤 했다.

4월 중순이 지나면 논갈이가 시작되는데 논에서도 주전부리 할 것이 나왔다. 올망대라는 것으로, 콩알보다 큰 검은색 알뿌리로 껍질을 벗기면 달콤한 맛이 난다. 하지만 그리 많이 나오는 것은 아니어서 어쩌다가 한두 개 맛볼 수 있는 정도였다. 아무래도 희귀해서 관심을 좀체 못 받는 식물이었다.

또한 논갈이 할 때 새참으로 내가는 막걸리 심부름을 할 때면 슬쩍 맛걸리도 맛보곤 했다. 주전자에 막걸리를 반쯤 담고 뚜껑에 대접을 놓고 그 속에 마른 새우를 안주로 넣은 다음, 주전자 뚜껑을 덮어 일하는 아저씨나 아버지께 갖다 드리는 것이다. 어떤 친구는 조금조금 맛보다 취해서 논두렁에 꼬꾸라진 적도 있다(운섭이란 친구가 그랬다네!).

산에 오르면 까치밥나무 열매도 있었다. 잔디와 난초 중간 정도 되는 풀에서 대가 나오고, 대 끝에 작은 씨앗이 뭉터리로 어우러져 짙은 밤색 열매를 맺는다. 키가 15센티미터가 될까 말까 하고, 열매 뭉터리는 1센티미터 정도로 그 속에 작은 씨앗이 수십 개 들어 있다. 이것을 많이 뽑아서 키 위에 올려놓고 두 손으로 쑥쑥 밀면 씨앗들이 떨어진다. 이것을 키질하면 씨앗만 예쁘게 남는데 그 씨앗을 그냥 먹기도 하고, 냄비나 프라이팬에 기름을 두르고 튀겨 먹기도 했다.

4월이 지나고 5월이 되면 먹거리가 한층 풍성해졌다. 산에 오르면 아카시아꽃이 만발했는데, 그 아카시아꽃을 훑어 먹곤 했다. 또 송화를 따서 먹기도 하고, 작년에 자라난 소나무 윗부분을 꺾어 겉껍질을 벗겨내고 송기(봄철에 물이 오른 소나무의 속껍질)를 베껴 먹기도 했다. 이런 것들은 모두 산이 많은 동네의 친구들이 잘 먹던 주전부리다.

산의 비교적 응달진 곳에는 무릇이 많이 났는데, 이것은 난초과 식물인 듯싶으나 날로 먹으면 아린 맛이 대단하여 날로 먹는 일은 결코 없었다. 이것을 캐어 적당히 말린 후 가마솥에 쑥과 같이 섞어 하루 정도 충분히 고면 꽤 맛좋은 먹거리가 되었다. 그 위에 콩가루를 뿌리고 섞어 먹으면 맛이 더욱 좋았다.

산에 오르면 뻐꾹대를 꺾어 쓴 껍질을 벗겨내고 달콤한 순을 먹었고,

찔레나무의 새순을 꺾어 껍질을 벗긴 다음 먹기도 했다.

주로 자연에서 나는 식물들, 그것도 대부분 봄에 솟아나는 새순이 아이들의 아주 중요한 주전부리였다.

또 이때쯤이면 학교 앞 가게에서 도토리보다 약간 큰 풋복숭아를 팔았다. 풋복숭아는 과수원에서 솎아낸 것을 사다가 당원을 물에 풀어 단맛을 가미해 팔았는데, 비교적 인기 있는 과일이었다.

6월이 되면 보릿고개가 막바지에 이르렀다. 쌀도 없을뿐더러 6월 중순 이후에나 나오는 보리쌀을 학수고대하던 때로, 배가 더 고파지던 시기였다. 학교에서는 강냉이빵이나 딱딱하게 굳은 탈지분유를 가정 형편이 어려운 몇몇 아이들을 선정해 점심시간에 무료로 급식했는데, 그때 그 아이들이 얼마나 부러웠던지!

6월 말이 되면 보리를 베어 꽁보리밥을 먹을 수가 있었다. 대부분의 아이들 도시락은 쌀과 보리의 비율이 1:9 정도로 도시락 뚜껑을 열면 검은 줄이 죽죽 간 보리밥알들이 아이들을 반겼다. 반찬도 고추장, 짠지, 나물무침, 김치 정도였고, 좀 괜찮은 반찬이 말린 새우 무친 것, 계란찜 정도였다.

이때 산에 가면 멍석딸기라는 산딸기를 따먹을 수 있었다. 멍석딸기는 알이 굵고 열 개 정도씩 뭉텅진 송아리를 이루어 열리는데, 제법 먹을 만했다. 나무에 열리는 나무딸기도 있었는데, 이것이 요즘 말하는 복분자이다. 알이 크지 않아 별로 먹을 게 없어 인기가 없었던 딸기였다.

집 뒤나 마당 곁에는 아이들 키보다 조금 큰 앵두나무가 있었다. 4월에 하얗게 피었던 꽃들이 열매를 맺고 6월 말경 보리가 익어갈 무렵이 되면 앵두가 빨갛게 익었다. 꼬마들이 고사리손으로 따먹기도 하고,

조금 큰 아이들은 몰래 와서 손으로 훑어 가기도 했는데, 너무 작은 과일이라 먹는 데 감질났다.

먹을 것을 꼭 식물에서만 채취한 것은 아니었다. 5월 말이나 6월 초부터는 습한 산이나 개울가 혹은 논둑으로 가면 개구리가 많았다. 개구리는 주로 집에서 키우는 돼지나 닭의 사료용으로 많이 쓰였다. 긴 몽둥이로 잡는 경우도 있었고, 잡는 면적을 넓게 하려고 긴 몽둥이 끝에 운동화 앞바닥을 잘라 그 끝에 붙잡아매 잡기도 했다. 그렇게 하면 개구리 포획률이 거의 백 퍼센트에 가까웠다.

이 개구리를 잡아 한 발로 몸통을 밟고 다리를 쭉 잡아당기면 뒷다리가 깨끗하게 벗겨지는데, 이것을 20~30마리 가느다란 철사나 나뭇가지에 꿰었다. 죽은 소나무 잔가지를 꺾어 불을 붙이고 그 위에 개구리 뒷다리를 살살 돌려 가며 소금을 뿌려 구워 먹으면 그 맛 또한 최고였다. 당시 최고의 영양가 있는 동물성 주전부리라 할 수 있었다.

미꾸라지나 붕어를 잡아다 매운탕을 끓여 먹거나 조림을 해먹기도 했다. 그러나 이것은 아이들이 하는 일이라기보다는 청년 이상의 어른들이 잡고 아이들은 물고기 담을 통을 들고 다니는 것이 예사였다.

6월 말부터는 장마가 시작되어 7월 중순까지 이어졌는데, 이때는 감자가 여물어서 감자를 쪄먹곤 했다. 방 안에서 놀다가 비가 그치면 도랑을 막고 물레방아 놀이를 하기도 했다. 가느다란 풀줄기로 물레방아를 만들어서는 호박잎 줄기 끝으로 내려오는 물에 돌아가게 하는 놀이였다.

어느 집은 밀전병(밀부침개)를 부쳐 먹기도 했고, 어느 집은 감자를 찔 때 단호박을 곁들여 쪄서 먹기도 했으며, 또 어느 집은 밀가루를 반죽

한 다음 호박잎을 밑에 깔고 밀개떡을 만들어 쪄먹기도 했다.

8월에 접어들면 밭고랑 사이에 심었던 옥수수를 따서 쪄먹었다. 이때 옥수수에 난 털을 뽑아서 입술을 아래로 접어 수염을 달고는 노인네 흉내를 내기도 했다.

밭고랑 사이나 마당 섶에서 자라는 까마중이 까맣게 익으면 가끔 그것을 따먹기도 했는데, 보릿대를 사용해 까마중 윗부분을 바깥쪽으로 잘게 접어 '후후' 불며 놀던 기억도 새롭다.

9월이 되면 곡식이 무르익기 시작하는데, 보리를 벤 후 7월 초에 그루같이(콩 심기)를 하면서 사이사이에 수수나 들깨를 심었다. 8월 말이나 9월이 되면 수수꽃이 피기 시작하는데, 수수가 깜부기병에 걸리면 수수가 되지 못하고 깜부기가 된다.

그런데 이 깜부기가 또 아이들의 좋은 먹거리였다. 겉은 희고 속이 까매서 입에 물면 마치 담배를 문 것 같아 우리는 담배 피우는 시늉을 하면서 깜부기를 먹곤 했다. 심지어 늦게 발견되어 어느 정도 익은 깜부기는 흔들면 검은 가루가 흩날리기도 했는데, 배가 고픈 아이들은 그것도 잘 먹었다. 물론 그것을 먹은 아이는 주둥이가 시커매지고, 누런 이 사이에는 검은 깜부기 가루가 끼여 지저분하게 보였지만 말이다.

가끔 운이 좋으면 깜부기 따러 다니다가 개똥참외를 만나기도 했다. 콩밭 사이에 참외가 자연적으로 자라난 것인데 그리 크지는 않지만 맛은 기가 막히게 좋았다. 개똥참외는 밭에 거름으로 뿌린 인분에 섞여 있던 참외 씨가 자연 발아되어 자란 것으로, 유난히 콩밭에 개똥참외가 많았던 것으로 기억된다.

또 9~10월이 되면 논 사이에 참게가 많아 잡아서 게장을 담가 먹기도 했고, 개울에 살찐 붕어가 퍼득퍼득 튀어오르면 그것을 잡아다 졸여 도시락 반찬으로 싸가곤 했다. 그래서 가을이 되면 보릿고개 때의 반찬과는 사뭇 달랐다.

산에 가면 밤나무가 있어서 반들반들한 나무를 날랜 동작으로 올라가 긴 장대로 아직 덜 익은 밤송이를 후려쳐서 따먹기도 하였다. 밤송이를 후려치다 발을 헛디뎌 나무에서 떨어지는 바람에 팔이 부러진 아이도 있었다(사실은 내가 초등학교 3학년 때 그랬다). 입으로 밤 껍질을 벗기고 손톱으로 떫은 부분을 밀어 벗겨낸 다음 아드득아드득 씹어 먹을 때는 참 행복했다.

들에 벼가 익고 콩도 여물 무렵에는 다 여문 콩을 꺾어다가 짚이나 나무 더미에 불을 붙이고 콩을 구워 먹는, 이른바 콩튀기를 했다. 소에게 풀을 먹이러 갔던 아이들이나 청년들이 네다섯 시쯤 되면 배가 출출해지고 허기가 지는데, 주위에 먹을 것이 마땅치 않으니까 다 여물어가는 콩을 뽑아 나무 더미에 불을 붙여 구워 먹는 것이다. 이때 재 속에서 작은 콩 아니면 콩깍지를 꺼내야 했으므로 콩튀기를 하면 손과 입이 꺼멓게 되어 꼴이 가관이 아니었다.

또 이때쯤이면 메뚜기가 많아서 논두렁을 돌아다니며 병이나 주전자에 메뚜기를 잡아 넣었다. 병이나 주전자가 없을 때는 강아지풀이나 벼이삭을 쭈욱 뽑아서 그 줄기에 메뚜기 목을 꿰기도 했다. 그것을 가지고 와 아궁이 짚불에 구워 먹거나 냄비에 튀겨 먹으면 아주 맛있었다.

서른 살쯤 되었을 때였나, 어느 맥줏집에 갔더니 안주로 메뚜기볶음이 나왔다. 옛날일을 회상하면서 먹다가 그만두었다. 어릴 때의 그 맛이 아니었기 때문이다.

가을 추수를 하고 먹을 양식이 비교적 풍부해지면 마음도 풍성해졌다. 겨울 밤 화롯가에 온 가족이 모여 콩을 볶아 먹기도 하고 장롱 뒤편에 쌓아두었던 고구마도 꺼내 구워 먹으면서 몇 번이나 되풀이 들어도 재미있는 할머니의 '호랑이와 떡장수' 이야기를 들으며 도란도란 얘기하다 잠들곤 했다.

이 이야기를 지금 내 아들이나 딸에게 하면 너무나 오래된 옛날 이야기처럼 들릴 것이다. 심지어 서울에서 나고 자란 아내에게도 옛날 이야기일 수밖에 없다.

그러나 이러한 일들은 분명 내가 어릴 적 경험한 꾸밈없는 이야기이다. 믿지 못할 옛날 이야기 같지만 우리가 자라나던 시대에 있었던 일들이다.

불과 30~40년 만에 세상이 급변했다. 상상하지도 못했던 문명의 변화가 일어난 것이다. 수백 년 동안 변함이 없던 생활패턴도 달라졌다. 이처럼 급변하는 시대에 태어나 우리가 그 문화를 만들고 그 문화를 즐기며, 한편 자연에 보복당하며 살고 있다. 우리 세대는 참으로 대단한 세대이기도 하고 피곤한 세대이기도 한 것 같다.

그나마 우리가 그러한 추억을 가지고 있다는 것은 참으로 행복한 일이지만, 자연을 벗 삼지 않고 자연이 주는 것들을 인간이 외면한다면 자연은 인간을 어떻게 할까? 그러한 사람들(우리 아이들)이 어린 시절을 추억하는 우리 심정을 어찌 알랴!

처음 이야기를 시작할 때 언급한 용득이, 근정이와 건모, 성학이와 언학이, 장훈이와 성만이, 영혁이와 근영이, 그리고 나와 이 글을 읽으면서 '아하! 그랬었지!' 하는 친구들은 이러했던 시대의 주인공들이었고 산 증인이다.

기억을 되살려 우리 아이들에게 이러한 이야기를 들려주면 과연 이해하고 재미있어할까?

아마도 아이들은 듣는 척하면서 눈으로는 휴대폰을 들여다보거나 컴퓨터 게임을 하고 있을지도 모른다.

개구리 뒷다리

/

내가 언제 술을 처음 마셨는지는 솔직히 기억이 없다. 기억이 없다는 것은 어릴 때 집에서 농주를 담그면 맛보느라고 찔끔, 어머니 심부름으로 논갈이 하는 일꾼 아저씨한테 새참 가져가면서 찔끔, 뿐만이 아니라 집에서 농주를 걸러낸 술지게미에 당원을 타서 먹기도 하고, 고등학교 때 서울에서 공부하는 친구를 찾아갔다가 사이다 컵으로 벌컥 마셨다가 취한 적도 있었기 때문이다. 그러니 딱히 술을 처음 마신 것이 언제라고 말하기 힘들 수밖에.

그러나 술다운 술을 마시기 시작하면서 겪었던 몇 가지 재미있는(?) 일들이 기억난다.

그중 하나는 내가 술을 제법 많이 마시기 시작했을 때의 일이다. 열아홉 살 되던 해였는데, 당시 나는 고등학교를 졸업한 후 농사를 짓고 있었다. 사실 농사를 짓는다기보다는 대학을 가지 못하고 재수를 하고 싶어도 재수를 못하는 상황이 되어 버리자, 마음속에 불만만 가득하였던 못된 시골 청년이었다고 할까.

나와 달리 그때 이미 농사꾼이 되겠다고 마음먹은 경만이와 자일이는 열심히 농사일을 거들고 있었다. 그 친구들은 일도 잘해서 동네에서 칭찬이 자자했다.

반면 나는 빈둥빈둥 사랑방에서 낮잠이나 자고('자빠져 잔다'는 표현이 더 걸맞을 것 같다) 논밭에서 일하는 부모님이 힘들어하시든 말든 내가 하고 싶은 대로 하는 못되고 게으른 청년이었다. 그래도 집안일 한 가지는 도왔는데, 오후 3~4시가 되면 책을 들고 소를 몰아서 마을 뒤 수리조합 둑으로 가서 소에게 풀을 먹이는 것이 유일한 도움 아닌 도움이었다.

당시 우리 초원지리 용산동에는 마을문고가 있었는데, 전국에서 우수 마을문고 장려상도 받았을 정도로 책이 몇백 권 비치되어 있었다. 나는 그 마을문고를 가장 많이 이용하는 사람 중 한 명이었다. 그 시절 소에게 풀을 먹이면서 읽었던 책이 시골 청년치고는 제법 많았다.

그런데 소 풀 먹이기를 하는 청년의 수가 늘어나면서 더 이상 책을 읽을 수 없게 되었다. 이유인즉 같이 소 풀을 먹이던 형님들과 온갖 잡다한 대화를 하느라 책 읽을 시간이 없었던 것이다.

대화를 나눌 때에는 술이 커다란 촉매제가 되었다. 때로는 진지한 대화도 많이 나누었던 것으로 기억한다. 이야기 상대는 나보다 여덟 살 위인 뒷집 오연이 형님과 춘기 형님이었는데, 가끔 두세 명이 더 가세해서 7~8명이 되기도 했다.

그 무렵 잣술이 처음 나왔고 일반 소주로는 진로, 와룡소주, 삼학소주가 있었다. 잣술은 2홉들이 병에 담긴 신제품이라 우리 사이에 좀 인기가 있는 술이었다. 이 잣술과 소주를 처음 마시게 된 것은 아주 특별한 안주가 있었기 때문인데, 그 안주는 다름 아닌 개구리 뒷다리였다.

그러나 술이 왜 그리 썼던지! 서너 잔을 개구리 뒷다리를 안주 삼아 마신 뒤 정신이 몽롱아련해졌다. '이것이 바로 취한 것이구나!'를 알게 된 순간이었다.

이제 어떻게 안주를 만들었고 어떤 해프닝이 있었는지를 소개할 텐데, 지금 이 시대에는 개구리를 보호하고 자연을 보호해야 하기 때문에 이 글을 읽는 분들은 절대 그러지 말기를 당부한다.

우리는 소를 몰고 오자마자 풀어 주었다. 둑에서 자유롭게 풀을 뜯어먹게 하기 위해서였다. 그러고 나서 회초리보다 굵은 몽둥이를 하나씩 들고 수리조합 둑 밑으로 가면서 눈에 띄는 개구리를 후려쳐서 잡아 깡통에 집어넣었다. 20~30마리 정도 잡히면 깡통 안의 개구리들을 꺼내 몸통을 밟고 뒷다리 한쪽을 쭉 잡아당겼다. 그러면 놀라우리만큼 깨끗하고 하얀 속살을 드러냈다.

이 개구리 뒷다리를 그해 갓 자란 참나무나 오리나무 가지에 일렬로 쭈욱 끼워 꼬치를 만든 다음, 죽은 솔가지를 꺾어다가 불을 붙여 이리저리 뒤집으며 구웠다. 준비해 간 고운 소금을 뿌려 간을 맞추면 아주 구수하고 특별한 안주인 개구리 뒷다리구이가 되었다. 지금은 구하기 힘든 안주인 셈이다. 당시는 술을 거의 처음 마시던 때라 술맛이 몹시 쓰다고 생각했는데, 그 특별한 안주 때문에 하염없이 쓰디쓴 액체를 목구멍으로 술술 넘긴 것 같다.

이런 술자리를 겸한 대화를 거듭하며 세월을 보내던 차에 하루는 사건 아닌 사건이 일어났다. 뒷동네 거물대리의 깨뚜리라는 마을에 아는 누나가 구멍가게를 하고 있어서 삼학소주 4홉들이 예닐곱 병을 외상으로 가져다가 마시던 우리는 그만 취하고 말았다. 술이 어느 정도 거나해지자 술이 술을 먹게 된 것이다. 늘 그러했듯이 이런저런 얘기를 하다 만취하여 수리조합 둑에서 4~5명이 모두 곯아떨어지고 말았다.

시간이 얼마나 지났는지 모르겠지만 아련히 "도련님!" 하고 옆집 형수가 부르는 소리가 나더니 "정두야", "오연아", "자일아" 하며 부르는 옆집 형님의 목소리도 들리는 것이었다. 눈을 떠보니 밤하늘에 무수한 별들이 초롱초롱하고, 긴 은하수가 눈 속으로 빨려들어왔다. 깜짝 놀라서 일어나려 했으나 일어날 수가 없었다. 술에 취해 몸을 제대로 가눌 수 없었던 것이다. 비틀비틀 간신히 일어나다가 '아차, 큰일났구나!' 싶었다. 갑자기 소가 생각난 것이다.

우리를 부르는 소리를 뒤로하고 컴컴한 수리조합 둑을 따라 깨뚜리 마을 쪽으로 걸어가며 소를 찾아보았지만, 소의 목에 걸어둔 방울 소리는 들리지 않았다. 거물대리를 지나 양수장이 있는 오리미 마을까지도 가보았지만 소 네 마리가 전혀 보이지 않았다. 혹시 동네 앞으로 가지 않았나 하고 돌아오다가 우리를 찾는 일행과 마주쳤다.

"야! 이 소만도 못한 놈들아! 소는 벌써 와 있는데 니들은 뭐 하고 있었어?"

이런 일이 있나! 날이 어두워지자 소들은 술에 취한 우리를 무시한 채 각자 자기 집으로 풀린 고삐를 끌고 돌아간 것이었다. 집에서는 소가 돌아왔는데 소 몰고 나간 사람이 오지 않자 난리가 났다. 그때 우리는 짐승보다 못한 놈들이 되었고, 소가 우리보다 낫다는 것을 알았다.

지금도 그때 이야기를 나누던 형님들을 만나면 반갑기 그지없다. 그

형님들도 도시로 나가 잘 살고 있으며, 옛날 우리가 그랬던 일들을 생각하며 웃음 지으리라 생각한다.

한번은 술을 마시고 정신을 잃은 적도 있었다. 초등학교를 졸업하고 몇몇 친구가 인천으로 유학을 갔는데, 그중에서 가장 친했던 친구를 만나서 벌어진 일이다. 그 친구를 중학교 때 한 번 만났는지 못 만났는지 정확히 기억은 없는데, 고등학교 2학년 때 어떻게 연락이 닿아 그 친구가 살고 있는 서울 화곡동을 찾아가게 되었다.

실로 오래간만에 만났기 때문인지 처음에는 서먹서먹했다. 아마도 그 친구는 서울 사람이 되었고, 나는 그대로 촌놈이었기에 자격지심이 발동해서였던 것 같다. 어쨌든 불알친구라 그 서먹서먹함은 이내 사라졌다. 그 친구 부모님께 큰절을 드리고 밖으로 나왔는데, 친구는 촌놈을 이리저리 끌고 다녔다. 남산 밑 한남동을 지나 한강을 건너 한참을 가서 어느 야산을 깎아 새로 지은 학교에 데려갔는데, 친구가 다니는 영동고등학교라고 했다.

마침 겨울방학이었는데 왜 갔는지 알 수 없지만 그때의 추위는 강바람과 북풍이 어우러져 내가 초등학교 때 다니던 종생 벌판의 추위보다 훨씬 춥다고 느껴졌다. 친구들이 몇 명 학교에서 기다리고 있었다. 그들이 뭔가를 불쑥 내밀었다. 다름아닌 담배였다. 친구들은 순식간에 담배를 입으로 빨고 숨을 머금더니 흰 연기를 뿜어댔다. 순간 충격을 받았지만, 어울리다 나도 같이 담배를 한두 대 피웠다.

저녁때가 되자 친구 집으로 돌아와 저녁을 먹고는 다시 밖으로 나왔다. 친구는 이른바 포장마차라는 곳으로 나를 안내했다. 포장마차에 들어서자마자 "아줌마, 소주 한 병 주세요" 하니 2홉들이 소주와 함께 사이다 컵이 나왔다. 그리고 붕장어인지 닭똥집인지 안주가 나오고, 소주는 커다란 사이다 컵에 둘로 나뉘어 채워졌다. 분명 그 커다란 컵 하나는 나의 몫이었다. 그 큰 컵을 앞에 놓고 순진한 나는 이 친구를 앞으로 만나야 하나 말아야 하나, 하고 심각하게 고민했다.

어떻게 마셨는지, 어떻게 그 친구 집에 돌아왔는지 기억은 없으나 분명 걸을 때마다 가로등이 이쪽저쪽으로 내딛는 발 반대쪽으로 춤을 추었던 것 같다. 그것이 술에 취한 첫 경험인 듯하다.

이 친구는 내가 모르는 사이에 미국으로 이민가서 성공하여 잘 살고 있다. 20년이 지난 후 행방을 알게 되어 다시 만나게 된 후로 지금까지 좋은 우정을 나누면서 베스트 프랜드로 태평양을 오가며 자주 만나고 있다.

내가 술을 많이 마셔 술로 인생을 마감한다면, 이 두 사건은 전혀 아름답고 재미있는 이야기가 될 수 없을 것이다. "에이, 그놈의 술 때문에 그 짓 하더니 그렇게 되었네!" 하고 나쁜 사건 속 두 이야기가 될 것이다.

아무튼 술 때문에 건강을 해친다거나 술이 원인이 되어 운명을 달리한다면 참으로 어리석은 일이다. 술은 우리의 기분을 풀어주고 서먹서먹함을 부드럽게 해주는 촉매제 역할을 하기도 하지만, 술의 힘을 빌려 대화를 풀어 간다든가 행동을 한다면 그것은 분명 잘못된 일이다. 술에 취하는 것이 반복된다면 육체적·정신적으로 결코 좋을 수 없다.

라일락은 사랑이다

/

　　이제 와서 사랑 타령하는 것은 좀 우스운 일 같지만 요즘 라일락꽃이 만발하니 사랑과 라일락에 대한 이야기를 안 할 수 없다. 그렇다고 나 자신에게 있었던 사랑을 라일락꽃과 관계지어 체험한 이야기를 하는 것이 아님을 밝혀둔다.

　　단지 내가 느끼고, 또 누구한테 힌트를 얻어 '역시 사랑은 라일락이었구나!' 크게 느끼고 있던 바였는데, 최근에 라일락 향기를 맡으면서 '역시 틀림없는 것 같아' 그런 판단을 한 것이다.

　　사랑을 해본 사람이라면 사랑은 참 향기롭다. 또 은은하고 달콤하다. 그 은은하고 달콤한 것을 무엇과 비교할 수 있을까! 그러한 사랑을 향기로 표현한다면 라일락 향기라고 말하고 싶다.

　　장미도 참 좋은 향기가 나고 아름답지만, 그 향기는 가까이 다가가야만 느낄 수 있다. 장미가 흐드러지게 피는 5월 말이라면 장미 향기라고 대답할지도 모르겠지만 향기가 그렇게 널리 퍼지지는 않는다.

백합은 향기롭지만 너무 독하다. 지독한 사랑을 한 사람이라면 백합이라고 할지도 모르겠으나, 단연코 나는 그 향기가 너무 독해 'No!'라고 말하고 싶다.

이에 반해 라일락은 은근한 향기의 흩날림이 남들 사랑할 때 소문나듯 적지 않게 퍼진다. 수십 미터 근처에서도 향기를 맡을 수 있으니 그 위력이 대단하다.

라일락꽃은 밉지도 않고, 크게 두각을 나타냄 없이 잔잔하고, 비교적 오래간다. 이에 반해 이른봄에 피는 개나리, 진달래, 벚꽃은 화들짝 피고 기껏해야 일주일 정도 지나면 추해지고 향기 또한 거의 없다. 이러한 꽃들을 사랑으로 표현한다면 무슨 사랑일까? 풋사랑도 아닌, 사춘기 소년소녀의 무작정 사랑이라고 말할까. 그것이 풋사랑인지 모르겠지만 말이다.

그러나 라일락꽃은 나뭇잎이 어느 정도 나온 뒤에 피는 성숙한 꽃이다. 작은 꽃잎들이 모여 하나의 다발을 만든다. 또 꽃 자체가 화사하다고 하기보다 잔잔하다. 자태가 뛰어나지 않은 대신 향기를 내뿜으며 은근하게 자기를 주장한다.

또한 아주 길지는 않지만 그래도 열흘 이상 피어 있으니 이 꽃을 사랑으로 표현한다면 분명 풋사랑은 아니고, 좀 더 성숙하고 세련된 사랑이라고 보아야 하지 않을까.

이별을 해본 사람은 사랑의 쓴맛을 안다. 이별을 맛으로 표현한다면 분명 쓴맛이라 말할 것이다. 이별이 달콤하다는 사람은 못 봤다. 정녕 깊은 사랑을 했다가 이별한 사람은 그 괴로움을 잘 알 것이다.

라일락 꽃잎을 씹어 본 사람이 있는가? 그런 좋은 향기와 수수한 매력을 가진 꽃이지만, 사랑하는 사람과 이별하고 뒤돌아서 오는 길에 우연히 라일락 꽃잎을 따서 씹었다면 이별의 쓴맛을 새삼 느끼며 눈물을 흘릴 것이다.

좋은 향기 속에 약간의 느끼함도 있다. 사랑을 하면 참 유치할 때도 있지 않은가? 특히 제3자가 볼 때는 지나칠 정도로 유치한 일도 본인들은 눈에 콩깍지가 씌워지고 이성적 판단력이 폭발해 버려 유치한 줄 잘 모른다. 설사 유치하더라도 당사자는 '좀 유치한 것 같네!' 하면서도 아무렇지 않게 넘겨 버리기 일쑤다.

사랑을 하다 보면 식상해져 상대방 단점이 보이기도 하고 찾으려고도 한다. 또 권태를 느끼기도 한다. 이때 가만히 라일락꽃의 향기를 맡아 보라! 참으로 향기로운 것 같지만 그 속에는 약간의 노린내 비슷한 향기가 난다는 것을 알게 될 것이다. 아주 역겨운 냄새는 아니지만 은근히 배어 나오는 노린내는 굳이 단점으로 꼬집는다면 좋은 향기는 아니고 약간 유치한 향기라 할 수 있다.

나는 사랑 도사도 박사도 아니고, 라일락 전문가도 아니다. 몇 년 전 어느 라디오 방송에서 이별한 경험이 있는 사람이 라일락꽃을 씹고 그 쓴맛을 이별의 아픔에 비유한 것을 들었다.

호기심 하면 둘째가라면 서러운 내가 어찌 라일락 꽃잎을 안 씹어 봤을까. 그 뒤로 라일락에 줄곧 관심을 갖고 사랑과 라일락의 공통점을 머리에 담고 있었다.

요즘 저녁이 되면 운동을 겸해 산책을 즐기는 내가 라일락꽃에 대해 새로 알게 된 사실은 은근히 배어 나오는 좋은 향기 속에서 노릿노릿한, 약간 역겨운 향기가 난다는 것이다.

사랑과 라일락이 어찌 그리 공통점이 많은지! 여러분도 공감이 가는 부분이 있거나 그러한 사실을 몰랐다면 라일락 경험을 해보길 바란다. 사랑을 하되 약간의 역겨움이 있을지라도 그 사랑이 지속되길 바라며, 절대로 라일락 꽃잎을 씹는 것처럼 되지 않길 바란다.

궁금하면 4월에 피는 라일락 꽃잎을 한번 씹어 보시길….

소야, 미안하다!

/

                         나는 시골에서 자랐기 때문에 가축을 많이 접하고 함께 생활도 했다. 닭, 거위, 오리, 개, 고양이, 돼지 그리고 소를 집에서 키웠다. 특히 개에 대한 추억이 많지만, 그에 못지않게 소에 대한 추억도 아주 많다. 소에 대한 기억을 더듬을 때는 우선 미안하다는 생각부터 든다. 그리고 소에게 경의를 표하고 싶다.

    대부분 그랬겠지만, 우리가 자랄 때에는 소가 농사를 짓는 데 아주 큰 역할을 담당했다. 논갈이, 써레질, 밭갈이, 수레 끌기, 짐 나르기 등 여러 가지 힘든 일을 도맡아 했다. 인류가 농경 생활을 시작한 이래 소는 인간을 위해서 많은 일을 해주었고 도움을 주었다. 우리 집에서도 역시 소의 역할은 길러서 파는 것이 아닌 농업에 필요한 일들을 하는 것이었다.

    그렇게 인간을 위해 충성하고 봉사하지만 소의 종말은 결국 사람의 입으로 들어간다는 것이다. 소가 착한 것인지, 인간이 못된 것인지. 그

일상 이야기
●
45

러니 어찌 소에게 미안한 생각이 안 들겠는가.

앞서 술 마시고 취해 곯아떨어지는 바람에 소 혼자 집을 찾아 돌아온 일과 더불어 소에게 미안한 생각과 경의를 표하게 된 가슴 아픈 일이 한 가지 있었다.

내가 중학생 때였던 것 같다. 당시에도 우리 집에 커다란 암소가 있었는데, 농사일을 비롯해 온갖 힘든 일을 다 했다. 한가할 때에는 뒷동네 아저씨가 빌려가 수레를 끌고 방앗간의 벼와 쌀을 나르는 일을 시키곤 했다. 그러나 일이 너무 고되었던지, 아니면 제대로 못 먹어서였는지 힘에 부친 소는 그만 병이 나고 말았다.

병이 났다는 것을 알았을 때는 이미 병세가 상당히 진전되어 회복하기 힘든 상태였다. 급히 수의사를 부르고 난리법석을 떨었지만 수의사는 혀를 내두르더니 아무 말 없이 휭 하니 가버렸다. 어머니는 병든 소를 쓰다듬고 다독거리더니 고삐를 풀어 주었다.

코로 힘들게 숨쉬며 한참을 누워 있던 소는 비틀거리며 일어나더니 자기가 매어 있던 퇴비 더미 위를 왔다 갔다 하다 안채 부엌으로 가서 쇠죽 끓여 주던 가마솥을 물끄러미 쳐다보았다. 그러고는 외양간으로 다시 돌아와 폭 쓰러졌다. 그것이 그 소의 마지막이었다. 소가 마지막으로 갔던, 자신의 먹이를 끓여 주었던 솥을 보면서 감사의 표시를 한 것임에 틀림없었다. 소가 사람보다 생각이 훨씬 깊은 점이 있다는 것을 알게 된 순간이었다. 우리의 잘못으로 인해 소가 병사했으니, 우리는 큰 죄를 범한 것이었다.

그 뒤로 소에 대한 미안함은 좀체 사라지지 않았다. 그리고 두고두고 소의 마지막 행동에 경의를 표하게 되었다.

물론 당시 소에게 사랑과 정성을 많이 쏟았던 것은 사실이지만 소에
대한 진정한 사랑이 부족했고, 우리 욕심 채우기에 급급했다.

하늘나라로 간 소야, 정말 미안하구나!

콩나물국밥

/

언제부터인가 콩나물국밥을 좋아하게 되었다. 식성에 맞을뿐더러 나이가 들면서 위가 좀 예민한 편이 되었는데, 위에 전혀 부담을 주지 않기 때문이다.

콩나물국밥은 전주가 유명하지만, 내가 처음 접하게 된 것은 약 20년 전 순창으로 출장 갔다가 아침밥을 먹기 위해 찾아간 콩나물국밥 전문 식당에서였다. 그 콩나물국밥이 나에게 꽤 인상적이었던가 보다.

지금은 기호식품의 하나가 되어 버렸지만, 이 콩나물국밥 또한 생활이 어렵던 시절 쌀·보리가 부족하자 궁핍함을 피하기 위한 음식이었던 것으로 생각된다.

어릴 때 쌀이 부족할 때 김치를 잔뜩 넣어 만든 김치죽이나, 밥에 무를 잔뜩 썰어 넣어 간장에 비벼 먹던 무밥, 시래기를 넣어 끓인 시래기죽 등과 마찬가지로 콩나물국에 밥을 넣어 끓여 먹었던 것도 가난한 집에서 많은 식구들이 생존하기 위한 지혜가 아니었을까. 생각해 보면

서러운 음식인 셈이다.

약 3개월 전에 동창들을 만나고 온 아내가 친구들과 제주도로 겨울 여행을 가기로 했다며 마음의 준비를 하라는 통보 아닌 통보를 했다. 동창들과 1년에 두세 번 모임을 갖고 하룻밤 정도 자고 오는 일이 있었 기에 "잘 다녀오슈" 하고 며칠이나 되냐고 물었더니 2박3일이란다. 그 렇게 길면 내 자신이 좀 불편하기는 하겠지만, 속으로 나도 아내로부터 해방되는 기분(?)이 있어 나름대로 2박3일을 어떻게 보내나 하며 마음 의 준비를 하고 있었다.

그런데 많은 기대를 갖고 새해를 맞았으나 납품한 제품에 시비가 생겨 사업상 어려움이 닥친 데다, 개인적 어려움까지 생겨 고난 속에 새해를 시작하게 되었다.

사실 난 고난을 두려워하지 않는다. 인생에서 고난이란 해결할 수 있 는 문제이기 때문이다. 내 자신이 평안할 때 어떤 때에는 고난이 있기 를 바란 적도 있고, 앞으로도 고난이 닥친다면 기꺼이 맞을 준비가 되 어 있다. 그것은 나에게 보이지 않는 종교적 영향이라고 할 수 있는데, 고난을 일종의 축복이라고 생각하기 때문이다.

어쨌든 그런 상황 속에서 아내가 여행을 가게 되었다. 애초의 계획 은 간데없고 2박3일 동안 어떻게 먹고살아야 하나, 하는 생존 계획을 세워야 하는 불쌍한 존재가 되고 말았다.

아침은 굶고, 점심은 회사에서 해결하고, 저녁은 아들한테 회사에서 먹고 오라 하고 나만 해결하면 된다는 생각으로 첫날은 집에 있던 밥 을 먹고, 둘째 날은 교회 가는 길 옆 기사식당에 가서 콩나물국밥을 먹 기로 했다. 사실 그 집의 콩나물국밥을 오래전부터 먹고는 싶었으나,

기회가 없어 아직 못 가보았던 것이다.

아들은 아침 일찍 출근해서 저녁 늦게 오니, 나 혼자만의 자유로운 생활이 나름 시작되었다. 쓸쓸하고 외로운 것도 즐길 수 있다는 생각을 하면서.

하루가 지나고 둘째 날, 그렇게 기대하고 기대하던 콩나물국밥 집에 저녁을 먹으러 들어갔다. 작은 식당에 손님이 없어 휑한 기분이 들어 꺼림칙한 마음으로 콩나물국밥을 주문했다. 입맛을 잃은 상태지만 그래도 기대를 하면서 음식이 나오기를 기다리자, 주인이 김이 날 듯 말 듯한 콩나물국밥 뚝배기를 식탁에 내려놓았다.

첫술을 입에 댄 순간 '탁!' 하고 매운맛이 입술부터 혀를 거쳐 목구멍을 때렸다. '와! 맵다!' 그러나 기분 좋게 매운맛이 결코 아니었다. 이제까지 먹어 보지 못한 탁한 맛의 콩나물국밥이었다. 밥맛이, 아니 입맛이 더 떨어져 버렸다. 먹을 수가 없었다.

그 순간 쌓였던 일들의 서러움이 확 밀려왔다. 밥을 먹다 서러움이 밀려온 것은 생전 처음 있는 일이었다. 숟가락을 내려놓고, 긴 시간은 아니었지만 여러 일들을 생각하다 도저히 그 집에 더 머물고 싶지 않아 계산을 하고 나와 버렸다.

지금은 모든 일이 잘 정리되어 가고 있고, 더 좋은 계획을 갖고 일상으로 돌아왔다. 공휴일 아내와 같이 산책하고 돌아오는 길에 그 식당 앞을 지나치며 그때 얘기를 해주었다. 혹시 세상을 살다 힘이 들거나, 나 없이 외식을 하게 되더라도 이 집에서 콩나물국밥을 절대 사먹지 말고 좋은 식당에서 맛있는 음식 사먹으라고….

내가 잘한 일, 금연

/

이제 와서 생각해 보니 잘못한 일이 참 많은 것 같다. 그렇게 생각하고 후회만 한다면 비관론자가 되어 자신을 비참하게 할 뿐인데…. 긍정적으로 생각해서 내가 잘한 것은 무엇일까? 아무리 생각해 봐도 그리 많지 않은 것 같아 부끄러운 생각이 든다. 그래도 나 자신에 대해서 칭찬하고 싶은 일 중 하나는 담배를 끊은 것이다. 물론 끊은 지 20년이 지났지만, 아마도 몇 년을 더 피웠더라면 중독성이 심해져 지금까지도 피울지 모르기 때문이다.

한 친구가 폐암이란다! 몇 번 볼 때마다 담배를 피워 대는 모습을 보고 안쓰러운 생각이 들었는데, 폐암에 걸렸다는 안타까운 소식이 들려왔을 때에는 가슴이 미어지는 것 같았다. 다행히 초기라니 치료를 잘하여 좋은 결과를 얻을 수 있겠지만, 지금 그 친구 마음이 어떨지. 빨리 치유가 되길 바란다. 기도할 일이 또 한 가지 생겼다.

담배 얘기가 나온 김에 내가 담배를 배웠던 동기를 얘기해 보려 한다.

좀 늦은 나이랄까, 스물두 살에 담배를 배우고 15년 정도 피웠다.

늦은 나이에 대학 들어가 기숙사에 한 학기 있었는데, 처음 외지에서 생활하는 것이라 좀 쓸쓸하고 외로웠던 것 같다. 그전에 친구들의 권유로 몇 모금 빨아 보았으나 나에게는 맞지 않는다는 생각으로 담배를 멀리하였고 매력도 못 느꼈었다.

외로운 마음에 방 안은 왜 그리 쌀쌀했는지…. 몸을 좀 따뜻하게 하고 싶어 전기 곤로를 코드에 꼽으며 손을 비비다가 책상 언저리에 놓고 간 같은 방 친구의 담배가 눈에 띄길래 한 대 피워 보았다.

순간 머리가 핑 돌았다. 전기 곤로를 쳐다보니, 빨갛게 달아오른 전기 곤로의 코일이 그렇게 아름다울 수가 없었다. 나의 머리가 니코틴에 마취된 것 같았다. 빨갛게 달아오른 코일이 주는 환상적인 아름다움에 취해 멍하니 곤로를 쳐다보았다.

그 뒤로 방에 혼자 있을 때 그 일을 몇 번 반복하다 보니 담배에 대한 거부 반응이 없어졌다. 그렇게 시작한 것이 중독과 습관이 되어 15년 동안 피운 것이다. 그럼에도 담배를 끊은 것은 참 대단한 일이었고 잘한 일 중 하나인 것 같다.

세상 사람들이 빨리 담배에서 벗어났으면 좋겠다. 혹시 나와 같은 낭만을 가지고 담배를 피웠던 사람이라면 일시적이고 어리석은 낭만이라는 것을 알게 되었을 것이다. 담배를 끊기 어려운 사람은 이미 낭만도 사라졌을 것이 뻔하다. 인에 중독된 사람들은 굳센 마음을 가지고 백해무익한 담배를 끊길 간절히 바란다.

옥돔

/

　"아저씨 잠깐만요." 눈을 게슴츠레
뜨고 왕복 8차선 도로를 주행하던 이 사장에게 작은 냉동 트럭의 조
수석에 앉은 사람이 창을 내리고는 멈추라는 듯 손을 흔들고 있었다.

　이 사장은 차를 옆으로 세우고 왜 그러나 싶어 달려오는 젊은이를
잠시 기다렸다. 젊은이는 와서 "아저씨, 제 말 좀 들어 보세요" 하더
니 들고 온 상자를 열어 보이고는 "이것은 제주 옥돔인데 비행기로 공
수한 것을 거래처에 실어다 주었는데, 실제보다 세 상자가 더 실렸어
요" 하며, 그것을 제주도로 되돌려줄 수 없게 되었으니 그냥 가져가라
는 것이었다.

　이 사장은 얼토당토않은 말에 "이걸 어떻게 그냥 가져가요? 나 그냥
갈 테니 다른 사람에게나 주시오" 하고 퉁명스럽게 내뱉으며 가던 길을
가려 하는 시늉을 했다. 운전기사는 머쓱해하면서 "아저씨, 그러지 마
시고 그럼 우리 둘인데 담배 값이나 좀 주시고 가져가세요. 이 옥돔은

백화점에서 25만 원씩 판매하는 것이거든요" 하는 것이었다.

아이스박스로 잘 포장된 옥돔을 열어 보이자, 이 사장의 마음이 흔들렸다. 명절 때 거래업체에서 어쩌다 한두 번 보내온 옥돔 선물을 떠올리자 군침이 돌았던 것이다. '이 옥돔을 한번 먹어야겠다!'고 마음먹은 이 사장은 그들과 심리전에 들어갔다.

'그래? 이왕이면 공짜로, 공짜가 안 되면 저렴하게… 히히히히' 하며 음흉함을 마음속 깊은 데서 끌어내기 시작했다.

"나는 생선 별로 안 좋아하고 옥돔 맛있는지 모르겠더라!", "담배 값이면 얼마를 말하는 건데?" 하고 말까지 놓아 가며 본격적으로 흥정을 시작한 것이다.

"그냥 드릴게요. 담배 한 보루씩 사 피우면 되니까 두 보루 값만 주세요."

"담배 한 보루가 얼만데?"

담배를 안 피우는 이 사장이 담배 값을 물었다. 그러자 젊은이는 "4만 5천 원이오. 저기 저 굴비는 30만 원에 파는 건데 저것도 드릴게요" 하면서 이 사장을 꼬드겼다.

이 사장은 이미 옥돔에 마음이 꽂힌 터라 굴비는 거들떠보지도 않으며 "나 지갑에 7만 원밖에 없는데 어쩌지?" 하며 엄살을 피웠다.

운전기사는 "담배 두 보루면 9만 원이잖아요, 백화점에서 25만 원에 팔리는 거예요. 7만 원이면 말도 안 되잖아요" 하며 더 달라고 보챘다. 이 사장은 "미안해요. 나 돈이 이것뿐이라서" 하며 가는 척 핸들을 곧추잡았다. 이를 가만히 지켜보던 동료가 "아저씨! 그럼 가져가세요. 어차피 우린 이것 처분해야 하거든요" 하면서 인심 쓰듯 가져가라고 했다.

이 사장은 속으로 '히히히, 그럼 그렇지! 너희들은 내 꾀에 넘어갔다' 쾌재를 부르며 못 이기는 척 옥돔이 든 아이스박스 선물세트를 받아들었다. 이제까지 홍정을 하던 동료는 아까운 듯이 선심 쓴 동료를 쏘아본 후 급히 차로 이동하는 이 사장의 팔을 붙잡으며 "아저씨, 이러면 안 되세요. 조금만 더 주세요"하면서 매달렸다.

이 사장은 지갑을 꺼내 보이며 "없다니까"하면서 "아! 천 원짜리 세 장 있네. 이거 더 드릴게"하며 지갑에서 3천 원을 꺼내 주었다.

심리전에서 승리하고 옥돔을 거머쥔 이 사장은 기분이 좋아 팁 주듯이 3천 원을 획 집어 주고 차에 얼른 올라타서 문을 닫고 시동을 걸었다. 쫓아오던 운전기사는 애타는 목소리로 "이러시면 안 되는데…"하더니 포기하고 되돌아갔다

이 사장은 흥분해서 급히 차를 몰며 집에 있는 아내를 생각했다.

'히히히~ 오늘 저녁은 옥돔을 두 손으로 쭉쭉 찢어 밥숟가락에 얹어 먹어야지. 아들놈, 딸내미랑 마누라가 맛있게 먹겠구나!'하며 저녁밥 시간을 상상했다. 생각만 해도 근래에 없던 기분 좋은 일이었다.

사무실에 도착한 이 사장은 좀전에 있었던 일을 자랑하며 직원들에게 떠벌리고 한바탕 소란을 피운 뒤 회사일에 몰두하려 했으나 제대로 일을 못하는 듯 보였다.

퇴근하고 집에 돌아온 이 사장은 뭔가를 잊은 듯싶었던지 "아!"하며 이마를 탁 하고 쳤다. 그러고는 반바지 차림으로 "여보, 나 회사 좀 다시 다녀와야겠어"하면서 이제까지 일어난 일을 얘기하며 급히 사무실로 내달렸다.

왕복 50분이나 되는 거리를 신호와 속도까지 위반하며 40여 분 만

에 돌아온 이 사장은 묵직한 아이스박스를 아내 앞에 숨을 몰아쉬며 내밀었다. 그것을 받아든 아내는 "당신 참! 쯧쯧쯧" 하며 어이없다는 듯 쳐다보면서 "당신 속았어요" 말했다. 이 사장은 어안이 벙벙하여 "뭘?" 하며 아내를 멍하니 쳐다보았다.

"몇 년 전 수법인데 그래요. 그걸 몰랐어요?"

아내가 박스를 열고 랩으로 포장한 것을 뜯어내고는 옥돔을 꺼내들었다. 박스 속에는 손바닥보다도 작은 옥돔이 달랑 네 마리 들어 있었다. 그 아래는 얼음뿐이었다. "들고 오시느라 수고하셨수! 옥돔 때깔도 누리끼리하고 상한 것 가져오느라고…" 킬킬거리며 "당신 아직도 어린 애예요.! 철 좀 드슈" 하면서 핀잔을 주었다.

순간 이 사장은 "그, 썅!" 하며 평소 하지 않던 거친 말을 하며 얼굴을 붉히고 잘 들어가지도 않는 아들 방으로 얼굴을 감추었다.

저녁때 잠자리에 든 이 사장은 '세상을 살아가려면 제대로 살아라, 이놈들아! 그 물건이 정당한 물건이 아니었잖아. 정당하지 않은 그 물건, 남은 물건이었다면 그 사람들에게 원주인에게 돌려주라고 그랬어야지! 훔친 물건과 같은 것을 엉큼하게 가격 깎고 수작 부려 가며 네가 먹으려고 했어? 그렇게 당해도 싸지! 벌 받은 거야. 인생 제대로 살아, 이놈아. 넌 아직도 인간이 덜 되었어!' 마음의 소리를 들으며 얼굴을 붉히고 있었다.

* 이 이야기는 실제로 당한 일이라 부끄럽고 창피해서 이 사장이란 주인공을 내세워 쓴 글입니다만, 이사장이 누구겠어요?

허풍

/

"참 잘생겼다!" 거울을 볼 때마다 큰 소리로 외치는 습관적인 말이기도 하지만 나 자신에게 최면을 걸기 위함이기도 하다. 그럴 때마다 비웃듯 킥킥대는 아내의 소리를 골백번도 더 들었을 것이다. 그래도 아랑곳하지 않고 외쳐 대는 내가 참으로 뻔뻔하다는 생각이 든다.

오늘 아침에도 전과 다름없이 거울 앞에 앉아 정수리에 보이는 흰 머리카락 두 개를 뽑고, 귀 옆으로 살짝 피부를 당겨 보았다. 코 양쪽에 팔자주름이 펴지면서 7년 정도의 세월을 뒤로 밀어놓았지만 이내 팔자주름은 현재의 나로 돌아오게 했다.

거울을 하루에 한두 번은 보는 것 같다. 나르시즘에 빠져 내 자신을 비춰 보는 것은 결코 아니다. 외출하기 전에 잘못된 부분이 있나, 이전과 다른 점이 없나를 점검하기 위한 습관화된 동작에 불과하다.

세월이 가면서 나도 모르게 모습이 변해 가고 있다. 내 마음은 항상 내 나이 사십이라 주장하지만 그건 나의 주장이요 발악일 뿐, 아무도 그것을 인정하는 사람은 없다. 심지어 내 마음속까지도 말이다.

전에는 나이에 맞게 자연스럽게 화장하고 의상을 어울리게 입는 사람을 세련된 사람이라고 생각했다. 그러한 모습으로 자연스럽게 갖추다 보니 너무 세월에 맞게, 나이에 맞게 순응하여 나이 들어감을 재촉하는 것이 아닌가 하는 싶었다. 그런 생각을 바꾸어야겠다는 생각이 불현듯 들었다. 10년이 아니더라도 몇 년 정도만이라도 역행하는 모습이 필요할 것이라고 말이다.

그러한 생각을 갖고 좀 젊게 보이는 모습으로 아침 예배 시간에 맞춰 교회로 갔다. 예배를 보고 찬양대원 가운을 여러 벌 들고 정리하기 위해 내려가려는데, 불과 나보다 6~7세 적은 집사님이 "환갑이 내일모레신데 이런 것 제가 들고 갈게요" 하며 가운을 뺏다시피 하는 것이 아닌가.

마지못해 가운을 건네주고 그 집사의 엉덩이를 손바닥으로 내려쳤다. "야, 내 나이 사십이야!" 하며 말이다. 순간 주위가 웃음바다가 되었지만, 그 친구는 '아차! 말을 잘못했구나!' 했을 터이고, 내 자신은 '너무 과민반응을 했구나!' 싶어 서로 웃으며 얼굴을 붉힐 수밖에 없었다.

아침에 젊어 보이는 모습으로 교회에 왔음에도 나보다 젊은 친구가 그런 말을 하니 순간적으로 돌발행동을 한 것 같다.

아침부터 나의 생각은 잘못되어 있었다. 거울을 보며 20년 정도는 더 젊어 보이도록 차림새를 하고 갔어야만 했는데 말이다.

'다음 주에 보자, 젊은 집사야. 아들 양복 입고 바짝 머리 세우고 헤어스프레이를 뿌리고 갈 테니 말이다.'

백일홍

꽃은 아름다워야 한다는 의무감을 갖고 있는 듯하다. 사람들은 꽃이라 하면 우선 아름답다는 생각을 갖고 있고, 심지어 벌과 나비도 아름다운 꽃을 먼저 찾는다고 한다. 꽃은 사람들과 동물들에게 아름다워 보여야 한다는 부담을 갖고 피어나는 것 같다.

모든 꽃은 저마다 특유의 아름다움이 있으며, 향기 또한 특유하다. 신이 창조한(최근에는 많은 꽃들이 인간에 의해 여러 가지 모양과 색으로 변이되지만) 그 특유의 모습을 내가 나쁘게 폄하하는 것은 잘못된 생각인 듯해 별로 아름답지 못한 꽃들일지라도 미워하거나 싫어할 수 없는 것 같다. 아름답지 못하더라도 꽃이기에 말이다.

하지만 좋아하는 꽃은 좋아한다고 말할 수 있을 것 같아 내가 제일 좋아하는 꽃을 얘기해 보겠다.

내가 제일 좋아하는 꽃 중의 하나는 백일홍이다. '화무십일홍(花無十

日紅'이라는 말이 있다. 꽃이 피어 10일을 넘기는 것은 없다는 뜻이다.

이른봄부터 피는 개나리나 진달래, 특히 벚꽃 같은 것은 꽃을 즐길 만하면 이내 져버려서 아쉬움을 주고, 심지어 허무함마저 준다. 물론 열흘 이상 피어 있는 꽃들도 있긴 하지만 그리 흔치는 않은 것 같다.

그러한 아쉬움을 달래주는 꽃이 백일홍이다. 백일홍은 순박하게 자란다. 그리 예쁘게 싹이 트는 것도 아니고 수수하게, 곧게 자라난다. 무수한 잎사귀를 가지고 있는 것도 아니고, 마디마디 자연스러운 모습과 질서정연한 모양으로 잎으로 그 줄기를 장식한다. 보송보송한 잎에 돋아난 하얀 털들은 귀엽기만 하다.

특히 앙증맞은 것은 꽃이 피기 전의 봉오리다. 어쩌면 작은 독사의 머리 모양으로도 볼 수 있겠으나, 젊은 아녀자의 모시 적삼에 살짝 감추어진 예쁜 젖꼭지처럼 앙증맞다.

꽃이 막 피어날 때에는 부스스해 보이지만 활짝 피어날 때는 '나를 모두 보세요' 하고 쫘악 벌린다. 자신의 속내를 다 드러내보이는 것이다. 참으로 화끈하고 정직한 꽃이다.

가만히 그 꽃을 보라! 아름답지 못한 꽃인 듯하지만 무척이나 아름다운 꽃잎을 가지고 있다. 하나하나 떼어보면 보잘것없는 보통의 꽃잎이지만, 앞니 모양의 잎들이 조화를 이루어 아름다움을 만들어낸다.

몇 가지 색깔이 있지만 그중에서 검붉은색과 진분홍은 쌍벽을 이루는 아름다운 색을 자랑한다. 꽃 자체가 화끈한 꽃이라 색깔 자체도 시시하거나 연한 색은 그 이름에 걸맞지 않은 것 같다.

다른 꽃들보다 무척이나 긴 날들을 지내서인지 백일홍은 처참할 정도로 시들어 간다. 산들산들 부는 가을바람에도 와사삭 바스러질 정도로 말이다.

여름이 지나 가을에 이르기까지 백일홍은 긴 날들을 나름대로 자랑하며 보낸다. 그러나 많은 사람들은 그 꽃을 대수롭지 않게 쳐다본다. 그저 수수한 보통의 꽃이기에 그렇다.

하지만 백일홍은 억울해하지 않는다. 제멋에 사는 꽃이기에 그런 것 같다. 그러한 백일홍을 나는 무척 좋아한다. 정직하고, 앙증맞으며, 자신 있고, 수수하지만 정열적이기에….

김밥 예찬

/

5월 들어 집 내부를 변경할 일이 있어서 바깥에서 숙식을 했다. 편안한 집에 있다 괜히 집을 건드려 고생을 하는구나 싶어 그 주동자에게 투덜대며 20일가량 서러운 시간을 보냈다. 무엇보다도 잠자리가 불편하였고, 먹는 것 또한 제대로 먹지 못하니 시간이 갈수록 심신이 지쳐 갔다.

어쨌든 잠자리를 서너 번 옮겨 가며 보헤미언 같은 떠돌이 생활을 했는데, 아침밥을 해먹지 못하는 경우가 대부분이라서 아침 일찍부터 식당을 찾는 것이 하루 첫 일과였다. 고역이 아닐 수 없었다.

아침 일찍 식당에서 밥 사먹는 것이 궁상맞다는 생각이 들어 '더 편하고 좋은 방법이 없나?' 생각하다 김밥을 사먹는 것이 좋겠다 싶어 아침마다 김밥집을 드나들게 되었다. 직원들보다 30~40분 일찍 회사에 출근한 뒤 부근의 김밥집에서 김밥 한 줄 사들고 와서 사무실에서 요기를 하는 것이다. 먹은 뒤 양치를 하고 아무렇지 않은 듯 업무에

임하는 능청을 떨었다.

그런데 생각보다도 많은 사람들이 김밥을 이용하고 있다는 사실이 놀라웠다. 언제 일어나 김밥을 준비하는지 모르겠으나 식당 아줌마가 20~30개 정도를 만들어 알루미늄 호일에 싸서 놓으면 지나가던 사람이 돈 천 원을 팽개치듯 던져놓고는 쌓여 있는 김밥을 하나씩 들고 급히 직장으로 출근한다.

참 바쁘게도 사는 사람들이라 생각하면서 김밥이 참으로 그 사람들에게는 우선 가격이 저렴하고, 기다리는 시간이 없으며, 영양가 또한 충분하고, 맛 또한 먹을 만하니 얼마나 편한 음식인가 말이다.

햄버거도 몇 번 사먹어 보았다. 우선 불편한 것은 몇 분을 기다려야 한다는 것이다. 미국 사람들은 패스트푸드(fast-food)라 하지만 성질 급한 한국 사람들에게 햄버거는 결코 패스트푸드가 아니다. 그보다 몇십 배 빠른 김밥이야말로 세계 최고의 패스트푸드인 것이다.

또한 햄버거를 먹게 되면 으레 콜라나 인스턴트 음료를 마시게 되는데, 김밥은 생수 한 컵이면 만사 오케이다. 가격 또한 2000원으로 아주 저렴하면서 한 개의 양 또한 적다고 할 수 없다. 한 공기는 못 되지만 반 공기는 훨씬 넘어 김밥 한 줄이면 소식하는 사람에게는 충분히 요기가 된다. 햄버거는 요기가 충분히 되지만 가격은 세 배 이상이며, 비만 및 성인병의 주요인이 된다는 것은 너무나 잘 알려져 있다.

김밥에는 다양한 재료가 들어간다. 김, 밥, 시금치, 오이, 단무지, 깨, 소시지 혹은 햄, 맛살, 계란 등 충분한 영양가를 갖춘 것들이 다양하게 들어간다. 이러한 재료들이 어우러져 결코 질리지 않는 기막힌 맛을 내는 것이다. 햄이나 소시지, 게맛살 같은 인스턴트 식품이 사용되기는 하지만, 많은 양이 아니라서 김밥 먹고 비만해졌다는 사람은 아직까지 들어 보지 못했다.

또한 먹기가 참 편하고 간단하다. 김밥집 아줌마가 칼로 송송 썰어 은박지로 싸놓으면, 바쁜 사람은 은박지를 벗겨내고 김밥을 하나씩 떼어먹으면 되는 것이다.

자꾸 햄버거와 비교해서 미안한 생각이 들지만, 방수지로 싼 햄버거를 먹기 위해서는 우선 입을 하마보다도 더 크게 딱~ 벌리고 힘있게 꽉 베어 물어야 한다. 나 같은 경우는 입을 딱 벌리고 힘 있게 베어 물면 눈물이 난다. 서러워서 우는 것이 아니라 입을 크게 벌리면 눈물샘을 자극해 눈물이 나기 때문이다. 혹 입을 잘못 벌려 베어 물 경우에는 햄버거에 발라진 케첩이나 소스가 콧등에 범벅이 되어 마치 삐에로 같은 얼굴이 되어 버리기 일쑤다. 햄버거는 그 점이 참으로 불편하고 민망하다.

김밥을 며칠 동안 많이 먹다 보니 고마움을 느껴 예찬을 해보았다. 하지만 늘 김밥만 먹는다면 그 사람은 바쁘게 사는 사람이고, 어쩌면 게으른 사람의 음식일 수도 있으며, 외로운 사람의 음식일 수도 있다. 반면 부득이한 경우의 김밥은 아주 간편하고 우리에게 친근한 음식이다.

깨나리

/

         초등학교 저학년으로 기억되는데, 한강 하구 하성면 시암리 쪽에 친척이 한 분 살고 계셨다. 그분의 외가가 우리 윗마을의 진외가 쪽이고 할머니의 친정이었기에 할머니랑 그 아저씨는 아주 가까운 친척임에 틀림없었다. 나는 그분을 '시암리 아저씨'라고 불렀는데, 그때는 시암리가 뭔지도 모르고 그렇게 불렀다.

    그 아저씨를 만나거나 생각하면 다른 것은 별로 기억나지 않고 눈 위에 녹두알만 한 혹과 깨나리가 생각난다. 할머니를 뵈러 올 때마다 "아주머님, 깨나리 드시러 오세요" 그 말을 너무 많이 들었기 때문이다.

    그러나 깨나리가 어떻게 생겼는지는 몰랐다. 그 당시에는 버스도 없어 20~30리를 걸어서 가야 했기 때문에 할머니는 어린 나를 떼어놓고 아버지와 가끔 다녀오시곤 했다.

    어쨌든 어느 정도 세월이 흘러 김장철이 되면 새우젓을 사용하던 김포 지역에서도 매스컴의 영향인지 멸치액젓, 까나리액젓을 넣어 김치를 담그게 되었다. 그때 까나리가 서해안 북쪽에서 잡히는 어종으로, 몸이 좀 둥글고 긴 멸치 종류라는 것을 알게 되었다.

그제서야 나는 '아! 깨나리가 아니고 까나리였구나! 잘못 알고 있었구나!' 하고 깨나리가 아닌 까나리라고 생각을 고쳐먹었다. 사실 김포에는 잘못 사용되는 단어가 몇 개 있었기 때문이다. 예를 들면 자루를 잘래기, 마루를 말루라고 한다.

그런데 오늘 약간의 시간 여유를 갖고 공장으로 향하고 있었는데, 한강 최북단 절류리 포구라는 입간판이 있는 곳에 다른 날과 달리 사람들이 10여 명 모여 있었다. 며칠 전 그 길을 통과할 때도 그런 것 같았는데, 오늘은 좀 유난스럽다는 생각이 들어 호기심 많은 나는 차를 멈추었다.

비치파라솔 아래 나이든 노인 네댓 분이 소주병을 놓고 무엇인가를 먹고 있었다. 눈을 돌려서 보니 한 아낙네가 뭔가를 수북이 쌓아놓고 바쁘게 다듬는 것이 보였다. 밴댕이처럼 생겼는데, 분명 밴댕이는 아니었다. 그 아낙은 생선을 깨끗이 분류하여 바닥에 두 더미를 수북이 쌓으며 나를 흘끔흘끔 쳐다보았다.

다가가서 "아주머니, 이 고기가 뭐죠?" 하고 물었더니 "이건 깨나리고요, 매운탕 끓이면 좋아요. 그리고 이건 웅어인데 회로 먹는 거예요" 하고 대답하는 것이었다.

순간 나는 '아~!' 하면서 '떵!' 하는 큰 쾌감을 느꼈다. 이제까지 잘못 알았던 깨나리와 까나리를 확실히 알게 되었기 때문이다. 어렸을 때 할머니와 시암리 아저씨가 나누었던 대화가 맞았다는 것을 알게 된 것이다. 역시 깨나리라는 생선이 있었다. 까나리와는 분명히 달랐다.

깨나리에 대해 좀 더 그 아낙에게 묻자, 요즘이 제철이고 이 깨나리가 자라면 웅어가 된다고 말한다.

"웅어는 임금님이 드시던 생선이라네요."

사라져가는 생선 중 하나인데, 한강의 수질이 더 이상 나빠지지는 않는 것 같아 멸종되지는 않겠지만 과연 맛이 어떨지 한번 먹어 봐야겠다는 생각이 든다.

세발낙지와 청도 싸움소

/

생각해 보면 참 무식하고 잔인하다
는 생각이 들었다. 그런데 그 무식하고 잔인하다고 생각한 내가 그
당사자가 되었으니….

전남 목포 근처 해안 지방은 낙지 산지로 유명하다. 그중에서도 세
발낙지 맛이 좋기로 이름나 있다. 나 역시 젊은 시절 무교동 낙지볶음
요리를 몇 번 먹다가, 산낙지가 입에 달라붙어 꿈틀댐에도 불구하고
제법 맛이 있어 횟집의 서비스로 나오는 산낙지를 간간이 먹는다. 지금
은 횟집 가면 일부러 한 접시 시켜 먹기도 한다.

언제부터인지 텔레비전을 보면 각 지방의 먹거리 특산물을 방영하
는 프로그램이 아침저녁으로 심심치 않게 나온다. 요리를 각 지방별로
보면 전라도 요리가 참 맛나게 나오는데, 실제로 그 지방에 가서 먹어
보면 내 입맛에 맞기도 하고 다른 지방보다 맛있다.

전국 출장을 다니다 보면 군산·전주·목포·무안·여수·순창·영광 등

지에는 그 고장 특유의 맛있는 요리가 많이 있어서 일 때문에 가지만 시간 여유가 있을 때에는 무엇을 먹을까 고민하곤 한다.

무안·목포를 가면 홍어를 삭힌 요리가 나온다. 지금도 그렇지만 과거에는 혼인 잔치나 회갑 잔치, 그리고 초상이 나면 당연히 내놓는 음식이 삭힌 홍어라 한다. 급히 삭혀야 하므로 두엄 더미나 재가리 등에 하루 정도 묻어두면 홍어가 삭혀져 톡 쏘는 맛이 난다. 그 지방 특유의 삭힌 홍어 요리가 탄생하는 것이다.

사회생활을 하면서 그쪽 지방 상가에 조문을 갔다가 한두 번 접했는데, 나로서는 그리 내키지 않는 음식 중 하나이다. 만드는 과정이 좀 깨끗하지 못한 때문이기도 하지만 먹고 나면 홀아비 냄새보다 더 독한, 특유의 고리타분한 냄새가 나는 것 같아서 그렇다. 그렇다고 아주 안 먹는 것은 아니다. 한두 조각쯤이야 예의상 먹기도 하고, 점잖은 척하면서 야릇한 맛을 느끼곤 한다.

또한 그쪽 지방은 낙지 산지이기도 하다. 삭힌 홍어와 달리 참 좋아하는 요리 중 하나가 낙지 요리이다.

언젠가 혼자 목포로 출장 갈 기회가 있었다. 난생처음 가본 곳이라 그곳의 특이한 음식을 먹고 싶어 택시 운전기사에게 낙지 요리 잘하는 음식점으로 가달라고 부탁을 했다. 운전기사는 어느 허름한 이층집으로 안내했다. 들어가기 싫을 정도로 초라한 음식점이었는데, 막상 들어가 보니 기분이 확 달라졌다. 겉보기와 달리 안에 제법 사람들이 많았는데, 모두 낙지 요리를 먹고 있었다. 볶음요리가 냄비에 나오는데 밥을 비벼 먹으니 '처음 맛보는 감칠맛 나는 요리구나!' 싶어, 이미 떠나버린 택시 운전기사에게 고마워했던 일이 생각난다.

그런데 참으로 혐오스럽고 보기 민망한 장면들을 텔레비전을 통하여 몇 번 보았다. 살아 있는 낙지를 나무젓가락에 친친 감아 돌린 다음 그것을 한 입에 넣고 씹어 먹는 모습이다. 인간의 잔인함을 보여주는 것 같아 보기가 참으로 민망했다. 그런 장면이 나오면 너무 잔인하다 싶어 이내 채널을 다른 곳으로 돌리곤 했다.

　　그런데 어처구니없게도 내가 그 당사자가 되어 버렸다. 중학교 때부터 알고 지낸 친구가 있는데, 이 친구는 라디오 수신기를 직접 만드는 특별한 취미와 기술이 있어 중학교를 마치자마자 청계천 전자상가로 뛰어들어 사회생활을 일찍 시작했다. 전자 방면에 특별한 재주가 있어 특허 몇 개를 가지고 있고, 국내 유명 밥통 회사에 핵심 부품을 공급하여 돈도 많이 벌었다. 어려운 환경을 잘 극복해서인지 세상에 대한 이해도 넓고, 세상 사는 재미를 연구와 일에서 찾는 친구이다.

　　하루는 전자제품과 관련해 업무적으로 해결하기 어려운 문제가 생겨 그 방면에 박식한 친구를 찾아갔다. 너무나 쉽게 해결을 해주어 점심 대접을 하겠다고 식당 안내를 부탁했더니 낙지 요리 집을 잘 아니 낙지를 먹으러 가는 것이 어떻겠냐는 것이었다. 나도 좋아하는 터라 의견일치를 보고 그 친구 안내로 이러저리 돌아 어느 낙지 전문 식당에 들어갔다.

　　"아줌마 낙지 네 마리요." 그 친구가 나에게 묻지도 않고 주문을 했다. 그리고는 "낙지볶음 먹을까?" 하고 물었다. 얼떨결에 "그, 그러지 뭐!" 하고 대답하니 "낙지볶음 2인분이요" 하는 것이었다. 이상하여 "아까 네 마리 주문한 것은 뭐야?" 하고 물었는데, 그 말이 끝나자마자 식당 종업원이 커다란 사발 밖으로 다리를 내밀며 꿈틀대는 낙지 네 마리를 들고 방으로 들어왔다.

순간 나는 '아!' 하며 괴성을 지르고 말았다. 그 친구는 나에게 "청도에 가면 소싸움이 유명하잖니? 그 소들한테 이 세발낙지를 먹이거든. 이 세발낙지가 힘에는 최고래! 며칠 전에 먹었는데 그다음 날 효과 봤어! 너도 먹어 봐" 하는 것이었다. 식당 종업원 아줌마 하는 말, "오늘은 좀 커요! 잘 드셔야 돼요."

'힘에 좋다니? 내가 싸움소냐? 이런 스벌놈! 고상한 나에게 이걸 먹이려고?' 불만 아닌 불만스런 얼굴 표정을 지었지만, 속으로는 호기심이 생기고 '힘'이라는 말에 유혹당해 내 마음은 꼭 먹어야겠다는 것으로 결정해 버렸다.

아줌마가 배시시 웃으며 능숙한 솜씨로 나무젓가락에 산낙지를 휘휘 감아 내 턱밑에 불쑥 건넸다. 나는 기겁하면서 저 친구부터 주라고 했다. 그 친구는 시범을 보인다며 낙지를 입 안에 쑥 집어넣고 나무젓가락만 빼낸 후 우물우물 씹어대기 시작했다.

다음은 내 차례. 눈을 딱 감고 입 속에 넣고는 이를 맞대고 젓가락을 힘차게 쑥 빼버렸다. 잠시 후 '컥!' 하고 나는 숨을 멈췄다. 살아 있는 이놈이 있는 힘을 다해 목구멍에 척 달라붙어 내 숨구멍을 콱 막아 버리는 것이었다. 눈물이 나왔다. 하늘이 노랗게 될 때쯤 본능적으로 다시 한 번 '컥!' 소리를 냈다. 그랬더니 다소 숨구멍이 트이는 것 같았다. 거짓말 좀 보태어 죽기 일보 직전에 살아난 것 같은 기분이었다. 아련하게 "씹어, 자꾸 씹어" 하는 소리가 들렸다. 최면술에 걸린 사람처럼 나는 그 친구의 말대로 연방 씹어대기 시작했다. 필사적으로 나와 세발낙지의 싸움이 시작되었던 것이다.

불현듯 그런 생각이 들었다. '청도 싸움소가 몸에 좋으라고 이 세발 낙지를 먹는 것이 아니고 낙지와의 싸움에서 이기는 법을 터득하는 것이로군!' 놀라운 사실 아닌 사실을 알게 된 것이다.

나도 모르게 나는 청도의 싸움소가 되어 그놈을 우물우물 씹고 있었다. 그러면서 그놈은 서서히 힘을 잃고, 나는 어느덧 맛을 느끼며 즐기고 있었다. 그야말로 내 자신이 흉물스럽고 잔인하게 변해 가고 있었던 것이다. 갑자기 텔레비전에서 보았던 모습들이 떠올랐다. 수치심이 들었다. 앞에 있는 친구의 얼굴을 보기가 민망했다. 얼굴을 벽으로 돌리고 천장을 보면서 계속 씹어댔다.

눈물 고인 눈을 천장에 둔 채 후회하고 있는 나에게 아줌마가 "잘 드시네요. 하나 더요" 하면서 불쑥 디밀었다.

이런 젠장! 아무 말 없이 두 번째 낙지를 입에 넣고는 전보다 능숙한 솜씨로 우물우물 씹어댔다. 방바닥을 보면서, 천장을 보면서 아줌마와 친구와 눈을 안 맞추려고 우물우물 씹어대기만 했다.

'내가 그런 사람이 되었네! 그것도 두 마리씩이나…'

땀 흘리며 허둥지둥 점심식사가 정신 없이 혼란스럽게 지나갔다.

며칠을 두고두고 생각하다가 분을 이기지 못하고 친구한테 전화를 걸어 쏘아붙였다.

"야 인마! 내가 청도 싸움소냐?"

쭈그렁바가지

／

올해 추석은 딱 알맞게 늦지도 않고 빠르지도 않아 그럭저럭 햅쌀과 햇과일을 먹을 수 있었다. 예년과 같이 차례 지내는 집 일일이 따라다니며 뒤에서 기도하고, 끝나면 담소를 나누면서 여러 집을 들르니 점심때가 되어 겨우 끝이 났다. 이제 다 되었나 싶었더니 형님 하시는 말씀이 외할아버지·외할머니 성묘를 다녀오자고 한다.

큰댁에서 그리 머지않은 곳이라 들길로 차를 몰아 과수원을 지나 묘지에 도착했다. 커다란 소나무가 비록 굽었지만 우뚝 서서 묘지 바로 옆에 수호하듯 지키고 있다. 약간 넓어 보이는 벌판과 보일 듯 말 듯한 바다가 내려다보이는, 앞이 탁 트인 참 좋은 자리에 묘지가 자리 잡고 있다.

외할아버지는 내가 네댓 살 때 돌아가셨다. 그때 어쩌다가 길을 잃고 헤매던 나는 장례를 치른 어머니와 아버지가 외가댁 툇마루에 앉아 계신 것을 보고 왈칵 울음을 터뜨렸던 기억이 날 뿐, 외할아버지의 얼굴은 전혀 생각이 안 난다. 다만 한문 선생을 하셔서 그 동네 어린 아이들과 청년들에게 한문을 가르쳤다는 것밖에 모른다. 그래서인지 어머니는 '하늘 천天 따 지地 검을 현玄 누를 황黃…' 천자문을 다 외우셔서 회갑이 넘은 뒤에도 그것을 다 기억하고 계신다. 물론 몇 개의 한문은 읽으실 줄 알았지만 대부분 쓰지는 못하셨다. 문밖에서 듣기만 하셨기 때문이다.

딸 하나만 둔 외할머니는 20여 년을 외롭게 혼자 사셨다. 그러다가 돌아가시기 2~3년 전 양아들 집에 기거하시다 세상을 떠나셨다. 외할머니 묘지에 가면 비록 커다란 소나무가 버티고 서 있고 탁 트인 곳이지만 외롭고 쓸쓸한 기분이 드는 것은 그러한 이유 때문일 것이다. 커다란 소나무에 올해는 박 넝쿨이 굽은 나무를 타고 올라가 박이 몇 개 주렁주렁 달려 있었다.

옛날 우리 어렸을 때는 소 외양간 지붕이나 옆집 뒷간 지붕에서 흔히 보았던 것이 박이었다. 그 박은 자연적으로 거름(?)이 풍부해서인지 커다랗게 열리곤 했는데, 지금 보고 있는 박은 토박한 산이라서 그런지 그리 크지 않고 머리통보다 약간 작은 듯한 것들이 대여섯 개 달려 있었다.

아무튼 박을 보니 무척 반가웠다. 몇십 년 만에 보는 것 같았다. 사실 박을 가끔 보긴 했지만 내가 소유할 수 없는 것들이었으나, 지금 이 박은 내가 가져가도 누가 뭐라 할 수 없는 그런 박이었다. 우리에게 늘 미안해하시던, 양아들이신 외삼촌께서도 감히 뭐라 하지 못할 그런 박인 것이다. 다 가져올 수는 없고, 형님이 두 개를 단단한 놈으로 골라 따주어 기분 좋게 들고 외삼촌댁 과수원을 지나 되돌아왔다.

집으로 가져와서 거실에 아내가 화분 옆에 보기 좋게 올려놓았다. 그런데 며칠 두고 보고 있노라니 꼭지 부분이 검게 썩어가고 있었다. 더 썩기 전에 방법을 세워야겠다고 맘먹고 커다란 솥을 준비하라고 큰일을 치를 듯이 아내에게 눈치 보며 부탁을 했다.

은근히 기대하며 톱을 꺼내어 흥부가 하던 대로 슬근슬근 톱질을 했다. '이 박을 타면 금이 뚝딱 나오겠지?' 생각 같지도 않은 생각을 하며 박을 타는데 생각대로 잘 안 타졌다. 삐뚤어지게 타는 바람에 한 놈은 크고 한 놈은 작아 보기 흉하게 잘렸다.

쩌억! 하고 벌어졌는데 금같이 누런 씨가 몇 개 튀어나왔다. "허어! 금이네. 여보 마누라, 금이요, 금!" 하고 흥부 흉내를 내었건만 아내는 이미 잠들어 버린 후였다.

두 번째는 잘 타야지, 마음먹고 두 발바닥으로 박을 붙잡고 톱질을 하기 시작했다. 잘 되는 듯싶더니 자세가 불안하고 쥐가 날 것 같아 자세를 다시 고쳐 톱질을 했다. 이번에는 끝부분이 엇갈려 덧니가 삐져나온 것처럼 보기 좋지 않게 뒷마무리가 되었다.

쩌억! 이번에도 금 같은 씨가 몇 개 쏟아졌다. 씨 가운데 흰 줄 두 개가 그어져 있었다. 아까 것보다는 잘 여문 것 같았다.

나는 어렸을 적 할머니가 바가지 만드는 것을 여러 번 보았다. 한 해에 한 번 보는 것이었지만 몇 해 계속 봤기 때문에 거의 또렷이 기억하고 있다. 당시에는 바가지가 중요한 생활용품이었기에 바가지 만드는 작업 또한 중요한 일이었던 것으로 기억한다.

그 당시 박을 누가 탔는지는 모르겠으나 할머니가 속을 파내고, 그것을 솥에 찐 다음 바가지 속을 단단한 부분이 나올 때까지 숟가락으로 벅벅 파냈던 것으로 기억한다. 그리고 그 작업이 끝나면 뒤집어서 바가지 껍질을 숟가락으로 긁어 벗겨냈는데, 그 일이 결코 쉬운 것이 아니었다.

그러한 기억을 살려 바가지 속을 파내고 겉을 숟가락으로 벅벅 긁어 껍질을 벗겨내니 뒤늦게 들어와 지켜보던 딸이 정겹게 묻는다.

"아빠, 어떻게 이런 걸 알아? 신기하네!"

"할머니, 그러니까 너에게는 증조할머니가 하시던 것 기억해서 하는 거다."

박에 증조할머니 얘기까지 나오니 딸에게는 무척 오래된 옛이야기였을 것이다.

새벽 두 시가 다 되어서야 작업을 끝내고 바가지를 엎어 보기도 하고 뒤집어 보기도 하면서 마냥 신기하고 뿌듯해하며 주방 테이블에 네 개를 가지런하게 엎어놓고 잠자리에 들었다. 먼저 잠든 아내에게 은근히 대단한 일을 했다는 것을 자랑하고 싶어서였다.

아침에 일어나 바가지를 바람이 잘 통하는 곳에 놓았다. 빨리 말리고 싶어 베란다 쪽에 놓으며 속으로는 '그늘에 말려야 할 텐데…' 하면서 햇볕이 베란다로 오는 것까지는 생각 못 하고 출근했다.

2~3일이 지난 후, 아내가 저녁을 먹다가 조심스럽게 "여보, 나 잘못한 게 있어" 하는 것이었다. 뭐냐고 물으니 "사실은 내가 바가지를 잘못 말린 것 같아. 바가지가 오그라들었어" 하며 지레 겁먹고 사과를 하는 것이 아닌가. 사실 그 바가지는 내가 베란다에 갖다놓은 것인데

자기가 관리를 잘못했다고 사과하는 것이었다.

밥을 먹다 말고 바가지를 보니 세상에! 하나는 갈라져서 틈이 생겨 바가지로서 역할을 못하게 되었고, 나머지 세 개는 안으로 오그라들어서 쭈그렁바가지가 되어 버렸다.

'아하! 이것이 쭈그렁바가지로구나!'

그나마 두 개는 정감 있게 오그라들어 쭈그렁바가지로 사용할 수 있을 것 같았다. 아내를 안심시키고 바가지를 거실 안쪽으로 옮겼다.

쭈그렁바가지 하나에 외할머니 얼굴이 떠올랐고, 또 하나의 쭈그렁바가지에 할머니 얼굴이 떠올랐다. 두 분 할머니 비교적 장수하셔서 쭈그렁 할머니가 되어 돌아가셨기 때문이다. 나머지 하나 남은 쭈그렁바가지를 보며 '아내나 내가 나이가 들어 쪼그랑 할머니 할아버지가 되면 그런 모습이 아닐까?' 하며 쓰디쓴 웃음을 짓는다.

기다림

/

"엄마아~! 학교 다녀왔습니다."

대문을 박차고 안마당으로 뛰어들어갔으나 집 안은 조용합니다. 뒤뜰 안 장독대에 가보아도 엄마가 없습니다. 덩그러니 장독 몇 개만이 학교에서 돌아온 아이를 반깁니다.

뒤뜰 안에서 힘없이 나오다 보니 부뚜막에 베 보자기가 덮인 양은 소반상이 있습니다. 놋 주발에 보리가 섞인 밥과 무짠지, 우거지김치, 고추장, 아직 덜 자란 상추가 깨끗이 씻겨져 놓여 있습니다. 어머니가 아이를 위해 점심을 준비해 놓고 모퉁이 밭으로 일하러 가셨다는 것을 짐작해 알고 있습니다.

아이는 주린 배를 채우고 장독대에서 따뜻한 햇살을 받으며 한동안 앉아 있다 무엇이 궁금했는지 장독 뚜껑을 하나씩 열어 봅니다. 커다란 항아리를 열어 보니 까만 간장 위에 하늘을 배경으로 아이의 얼굴이 비칩니다.

그 속을 향해 "아!" 하고 소리를 질러 봅니다. 항아리는 공명을 내어 큰 소리로 아이의 귀청을 울립니다. 까만 간장 위에 비쳤던 얼굴이 작은 너울이 일러 사라집니다. 그러기를 두서너 번….

다음은 중간 크기의 항아리를 열어 봅니다. 검붉은 고추장이 하얀 곰팡이를 머금고 아이를 반겨 줍니다. 한쪽 귀퉁이는 얼마 전에 고추장을 퍼내었는지 빨간 속살을 드러내고 있습니다. 아이는 검지손가락을 그곳에 푹 담근 후, 입으로 쏘옥 집어넣습니다. 달콤하고 매콤한 고추장이 아이의 침샘을 자극합니다.

다음은 좀 큰 듯 길쭉한 항아리를 열어 봅니다. 코를 찌를 듯한 역겨운 냄새입니다. 된장 항아리였습니다. 아이는 급히 뚜껑을 덮어 버립니다. 작은 소금 단지, 빈 항아리 모두 열어 보고 엎어놓은 항아리도 위로 향한 바닥 모서리를 잡고 흔들어 봅니다.

아이는 재미가 없어지자 다시 장독대에서 서쪽으로 기울어 가는 햇살을 쐬며 어머니를 기다립니다.

B형 남자

/

혈액형과 성격은 사실 과학적으로 연관성이 크게 없다고들 하는데, 분석하기 좋아하고 이유를 찾기 좋아하는 인간들인지라 혈액형을 가지고 성격의 유형을 어느 정도 형성시켜 놓아 혈액형이 성격에 중요한 역할을 한다고 믿는 사람이 적지 않은 것 같다.

한때 〈B형 남자〉라는 노래를 어느 여가수가 불러 유행한 적이 있다. 그로 인해 혈액형이 화제로 많이 올랐었다. 그 이후 B형 혈액형을 가진 남자에 대하여 으레 기본 바탕을 깔고 그 사람의 성격과 인격을 판단하는 경우가 많은 것 같다. B형 남자들은 낙인 아닌 낙인이 찍혀 버린 것이다.

B형 혈액형을 가진 남자는 뜨거워지기 쉽고, 쉽게 식으며, 겉 다르고 속 다른 기분에 따라 좌우되는, 이른바 바람둥이형이란다. 여자의 입장에서 보면 바람둥이지만 그래도 멋있어 보이는 면이 있어 얄밉게 사랑

을 할 수밖에 없는 스타일이라는 것이다.

사실 나도 B형이다. 그러한 속성을 전혀 믿지 않는 성격인데, 가끔 아내가 그런 소리를 한다. 그리고 내 스스로 가만히 판단해 보면 그런 것 같다는 생각을 한 적이 한두 번이 아니다.

몇 년 전 술 좀 마시던 시절, 일본의 거래처 담당이 술에 취해 나에게 한 소리가 있다. "이상! 이상은 손바닥이 쉽게 바뀌는 성격인 것 같아요." 그 말은 사실 거래하는 사람에게는 대단한 실례로, 차마 말하기 어려운 충격적인 것이었다.

나는 정색을 하며, 무슨 말이냐고 되물었다. 다행히 그 친구 하는 말이 "이상! 술 마시면 평소 얌전하던 것과는 전혀 다르게 재미있어 하는 말이에요" 하길래 안심한 적이 있다. 물론 그 회사하고는 15년 넘게 아무 문제 없이 아직도 거래를 하고 있다.

아내의 불평은 자신과 가정에 대해서는 참 인색하다는 것이었다. 반면 밖에 나가면 참으로 멋지고 생색을 잘 내는 남자라는 것이다.

며칠 전 교회에서 남녀 단체가 강화도로 수련회를 간 적이 있다. 수련회를 마치고 돌아오는 길에 적립된 회비로 활어회를 먹게 되었다. 한쪽은 남자들이 자리를 차지했고, 나는 어쩌다가 여자들 틈에 끼여 앉게 되었다.

몇 접시가 나온 회를 남자들은 금세 비웠다. 그러나 내 앞의 접시는 그 속도가 빠른 편이 아니었다. 서로 조심스럽게 한 점 한 점 비워 가다가 나는 그만 젓가락을 내려놓았다. 가만히 생각해 보니 우리 자매들이 그 맛있는 회를 먹을 기회가 나보다는 적겠다 싶어 그만 먹어야겠다는 생각을 한 것이다. 그랬더니 옆자리에 앉은 자매가 "더 드세요" 하고 권하길래 "어제도 많이 먹었으니 더 드시라"며 주변 안주만 몇 점 더 집어 먹었다.

물론 그 자리에는 아내도 있었다. 눈치 빠른 그 자매는 아내를 부러운 눈초리로 쳐다보며 "이렇게 배려를 잘 해주는 집사님하고 사시니 얼마나 행복하시겠어요?" 하고 넌지시 나에게 속삭였다.

하기야 아내가 나를 처음 만났을 때 무엇보다도 맘에 들었던 것은 착하고 배려를 참 잘 해주어서 '이 남자면 되겠다!' 싶었단다. 그런데 막상 결혼하고 보니 그런 모습은 온데간데없고 자기만 아는 남자라 좀 더 두고 볼 것을 그랬다고 한다.

어느 정도냐면 과일을 씻어 쟁반에 갖고 오면 대부분 아내가 깎아서 접시에 예쁘게 담아놓을 때까지 기다렸다가 가족과 같이 먹는데, 나는 접시에 올려놓기 무섭게 덥석 집어먹는다. 어쩌다가 내가 칼을 잡고 과일을 깎으면 남은 쳐다보지도 않고 그대로 먹어 버린다. 가만히 기다리며 기대를 하였던 아내는 늘 허탈해하며 혀를 끌끌 찬다.

사실 25년을 아침 한 끼 거르지 않고 새 밥에 새 반찬으로 아침밥을 해주었건만 고맙다면서 같이 먹자는 소리도 별로 안 하고 그저 후다닥 먹고 직장으로 내달았던 나다. 그러한 것들이 이제는 습관이 되어 으레 그러려니 생각도 하지만, 가끔은 불평하며 B형 남자라고 투덜댄다. 그렇지만 그 말이 맞는다는 것을 잘 알기에 대꾸를 전혀 못하는 신세가 되었다.

몇 년 전부터 아내는 집을 리모델링하자고 졸라댄다. 좀 더 있다 하자고 버틴 지 몇 년인데 한계에 다다른 것 같다. 소파에 구멍이 나고 가운데가 처져 있다. 바꾸자고 몇 번 졸랐건만, 아직은 쓸 만한 것 같아 버티고 있다. 38인치 구형 텔레비전이 10년 정도 되었는데 화면이 제법 깨끗하다. 바꿀 이유가 없지만 다른 사람들 보기에는 좀 부끄럽다고 투덜댄다.

아내는 누구보다도 절약하며 사는 사람인데, 이제는 누리기를 원하고 있다. "당신, 밖에 나가면 누구보다도 잘하잖아요." 심지어 "교회나 밖에서 하는 것처럼 집에서도 그렇게 해봐요! 이 B형 남자야" 하며 불평한다.

이제는 B형 남자의 한계가 온 것 같다. B형보다 좀 더 버틸 수 있는, 훨씬 성능이 우수한 혈액으로 수혈해야 할 것 같다. 세상사람들이 깜짝 놀라고, 아내를 몇 년 더 달래고 안심시킬 수 있는 아주 새로운, 옛사람을 버리고 새사람이 될 수 있는 혈액형으로 말이다.

이크! 아내의 발소리가 들린다!

빨리, 이 글을 종결시켜야 할 것 같다! ㅋㅋㅋ

재즈의 매력

/

내가 가장 싫어하는 것 중의 하나는 나의 가장 친한 친구인 아내와 쇼핑을 가는 것이다. 다 겪어 본 일이라 "그래, 그래" 하며 동감하는 세상의 남편들이 많을 것이다. 심지어 이 글을 읽고 '세상 남편들 대부분이 그렇구나!' 하고 느끼는 부인도 많을 것이다.

다 아는 사정이겠지만 알뜰살뜰 살림하던 부인이 모처럼 옷을 사기 위해 남편과 백화점을 갔다. 부인은 가격 걱정하랴, 디자인 고르랴 신경을 곤두세우고 있는데, 남편이란 작자들은 단순하고 즉흥적이어서 마네킹이 입고 있는 스타일이 제법 멋있어 보이면 그것으로 사라고 권한다. 가격표를 보거나 점원에게 가격을 묻고 나면 내심 가슴 뜨끔한 충격을 받지만 안 그런 척하고 굳이 그 옷을 사라고 말한다.

사정을 뻔히 아는 아내는 좀 더 저렴하고 맘에 드는 디자인을 선택하려고 이쪽 저쪽 매장을 구석구석 살펴보게 되는데, 이때부터 부부의 신경이 날카로워진다. 속 좁은 남편의 눈꼬리가 올라가고 얼굴이 울그락불그락해져 부인 뒤를 투덜투덜대며 쫓아다니다가 결국 아내는 아무것도 사지 못하고 지하 매장으로 가서 먹거리나 사오는 상황이 되고 만다.

여기서도 남편이란 작자, 자기만 좋아하는 굴비·젓갈·초밥이나 사자고 잔뜩 화가 난 부인을 긁어댄다. 거기다 더 미운 짓은 남편이란 사람이 체면이고 뭐고 아랑곳하지 않고 코너마다 조그맣게 썰어놓은 시식 음식을 이쑤시개로 콕콕 찍어 가며 일일이 맛보는 것이다. 이런 남편이 예쁠 수가 있겠는가?

돌아오는 차 안의 분위기는 살벌하고, 집에 와서도 좋은 분위기가 될 리 없다. 창피한 얘기지만, 나 역시 아내랑 쇼핑 가서 기분 좋게 돌아온 적이 별로 없는 것 같다. 그런 경험이 몇 번 있어 아내는 내 양복을 사러 가는 것 말고는 백화점에 같이 간 적이 거의 없다.

그런데 몇 년 전 어느 날, 나보고 백화점을 가자고 하는 것이었다. 지레 겁먹고 퉁명스럽게 "왜?" 하고 묻자, 재즈 음악회 초대권이 있다고 했다. 나는 음악회 초대권이건 뭐건 백화점에 아내와 가는 것이 내키지 않아 다른 사람과 가라고 퉁명스럽게 대답했다.

며칠 후 아내가 굳이 나하고 연주회를 가겠다고 했다. 다른 쇼핑은 안 하기로 두세 번 다짐받고 손가락으로 약속까지 한 다음 문화센터에 갔다.

백화점에서 하는 재즈 음악회라 '무명의 연주자나 가수가 와서 하겠지' 하고 갔더니 제법 많이 알려진 바이올리니스트와 가수가 오고 사회를 보는 사람도 박식하고 매끄럽게 진행을 잘했다.

그전에 아들이 사준 재즈 테이프를 차 안에서 듣기도 했고 라디오나 심야 TV에서 간간이 노래를 들은 적도 있었지만, 그리 관심 있게 재즈 음악을 들은 것은 아니었다.

재즈는 미국 남부 뉴올리언스 북쪽에서 프랑스인과 흑인 사이에서 태어난 혼혈인에서 시작되었다는 이야기를 들은 적이 있다. 그 음악이 다양하게 변하여 이제는 하나의 장르가 된 것이다. 그 음악을 들으면 '아, 이것은 재즈네!' 하고 쉽게 인식하게 되어 있다.

그날 재즈 연주회를 보면서 그 성격이랄까 매력을 느꼈다. 자유분방하여 질서가 없고 버르장머리 없어 보이기도 하고, 서로 으르렁대는 듯도 하고 방관하는 것 같지만, 상대를 충분히 배려하고, 좀 지나치다 싶으면 자기 자신을 숙일 줄 아는 에티켓을 지닌, 그리고 그러한 것들이 조화를 이루어 엉성한 것 같으면서 훌륭한 하모니를 이루는 것이 아주 매력적이었다.

이게 무슨 이야긴가 하면, 재즈는 여러 가지 악기로 연주를 한다. 피아노, 드럼, 콘트라베이스, 바이올린, 색소폰, 트럼본 등 다양한 악기가 동원되는데, 내가 본 연주회는 바이올린, 콘트라베이스, 피아노, 드럼, 그리고 가수로 비교적 단촐하게 구성된 팀이 연주했다.

처음 연주를 할 때는 하모니가 좀 엉성한 것 같았다. 그러나 그것은 악기 수가 적어 관현악단이 들려주는 웅장하고 섬세하고 매끄러운 음악이 아니라서 우리가 그렇게 느꼈을 뿐이지, 결코 엉성한 것이 아니었다. 한 사람이 자연스럽게 연주를 하면 그 밖의 연주자들은 그 연주자를 위하여 최선을 다해 보조해 준다. 더욱더 좋은 연주를 하기 위해서 말이다.

연주자는 자신의 장기와 악기의 특성을 살려 온갖 기량을 다 선보인다. 심지어 아주 격정적으로 '내가 최고다' 하면서 연주에 몰두한다. 그런데 좀 지나치다 싶거나 자기 자신의 연주가 듣는 사람이나 같이 연주하는 사람들이 지루하다 싶은 생각이 들기 전에 자기 자신을 버리고 다른 연주자에게 그 자리를 넘겨준다. 정말 예의를 알고 배려를 할 줄 아는 음악이다. 모든 기량을 보인 후 같이 앙상블로 연주할 때는 관객들도 그 연주에 빠져들어 하나가 된다. 이러한 음악적 특성이 초창기 불우했던 흑인 혼혈들의 마음을 어루만져 주고 서로를 위로하지 않았나 생각한다.

그 연주회 이후 나는 재즈를 더 좋아하게 되었고, 매력을 알게 되니 더 친근한 관계가 되었다.

재즈는 슬픔을 느낄 수 있는 음악이요, 그 슬픔을 달랠 수도 있는 음악이며, 흥을 돋워 주기도 하는 음악이다. 인생의 희로애락을 다 표현하고 느끼며 달래는 음악인 것이다.

가끔 차를 타고 가다 라디오에서 재즈가 흘러나오면 "츠츠츠" 하면서 어깨춤을 추기도 하는, 다정하고 좋은 친구이다.

또 어둠침침한 방에서 조용한 재즈 음악을 들으며 내가 좋아하는 사람과 아무 말 없이 와인을 곁들여 마신다면 그 분위기는 어떠할까?

낙숫물 소리

/

별채의 편한 의자에 아무 생각 없이
몸을 던졌다. 후두둑 후두둑 시작된 비가 제법 줄기차게 내린다. 이내
흘러내리는 낙숫물 소리가 어린 시절을 떠올리게 한다.

비 내리던 여름 어느 날
할머니와 어머니는 이불을 꿰매셨다
새로 틀어 온 몇 년 된 솜 위에 양단을 덮고
꺼칠꺼칠 풀 맥인 하얀 광목 홑청으로 이불을 만드셨다
긴 바늘로 길게 홑청과 양단을 감싸 꿰매며
무슨 이야기를 도란도란 주거니 받거니 하셨다

비 내리는 미닫이문 밖 뒤란을 보며
그 이불 밑에 누워서 채양 옆으로 떨어지는 낙수 소리에 몰두하였다

그 낙수 소리가 내 마음을 아련하게 했다
외로움인지 서글픔인지 모르겠지만 마음이 아련했다
나를 편하게 해주고 위안이 되었던
할머니와 어머니가 같이 있었음에도
그런 마음이 왜 있었는지 모르겠다

지금 이 시간 떨어지는 낙수가 어렸던 날을 기억하게 하였지만
이불을 꿰매던 두 분은 이야기를 멈춘 지 긴 세월이 지났다
두 분의 얼굴도 이제는 가물가물
꿰매어 장롱 안에 얹었던 이불도 볼 수가 없다
땅바닥을 파내며 굵은 모래 덩어리를 튕겨내는 낙수가
어렸던 날을 기억하게 한다

신기록

/

　　　　　　　　　　겨울이 지날 무렵부터 운동을 해야
겠다는 생각을 실천하기에 이르렀다. 주말 오후에 아내와 등산도 가고,
아내에게 스케줄이 있을 때에는 혼자 자전거를 탔다. 지난 가을 자전거
를 타고 여의도를 한 바퀴 돌고 공원을 한 바퀴 더 돌았을 때의 뿌듯했
던 기분이 떠올라 자전거 핸들을 다시 잡게 된 것이다.

　새해 들어 눈이 채 녹지 않은 강변을 따라 여의도를 거쳐 양화대교
와 성산대교를 지나 가양대교까지 가니 표지판이 여의도에서 9킬로미
터나 된다고 안내를 했다. 집에서 여의도까지 2킬로미터가 넘으니 왕
복 23킬로미터나 되는 거리를 자전거로 달린 것이다.

　신기록이다!

　태어나서 그렇게 먼 거리를 자전거로 이동해 본 적이 없다. 기껏해야
어릴 때 왕복 16킬로미터 거리의 대명포구까지 간 적이 있을 뿐이다.

　그러니 얼마나 대단한 일을 이 나이에 한 것이란 말인가? 너무

기뻐서 아픈 사타구니를 만져 가며 이 사람 저 사람에게 자랑을 하고 다녔다.

그다음 주말에도 아내가 산에 가자는 것을 뿌리치고 자전거 핸들을 붙잡았다. 이번에는 반대쪽으로 여의도에서 한강대교를 지나 잠수교에 이르러 강을 건너 되돌아오는 코스를 택했다. 오는 길에 요즘 자전거 타는 신기록을 세워 가면서 산다는 생각을 하면서 점점 의욕이 나는 것을 느낄 수 있었다.

그런데 어느 순간에 퍼뜩 '이 친구야! 지금 하루하루, 아니 순간순간 지나가는 것이 너에게는 다 신기록이잖아!' 하는 생각이 들었다.

아, 그렇구나! 그걸 이제야 깨닫게 된 것이다.

지금 이후 순간순간이 아직도 내 일생에서 경험해 보지 못한 시간이고, 나의 생애에서 계속 신기록을 깨고 있는 것이라는 것을. 비록 오늘 자전거를 1킬로미터 탄다 할지언정 살아온 기록에 그 거리가 더해져서 나에게 신기록이 되는 것이니 말이다.

그러니 그 시간들이 얼마나 의미가 있고, 기쁜 시간이며, 소중한 시간이란 말인가! 사실 태어나서부터 한 순간 한 순간이 그러했는데, 그 소중함을 몰랐던 것이다.

성경의 시편(90:10)을 보면 모세는 "우리의 연수가 칠십이요 강건하면 팔십이라도 그 연수의 자랑은 수고와 슬픔뿐이요 신속히 가니 우리가 날아가나이다"라며 우리의 수명과 인생의 빠름을 고백하고 있다.

그때보다도 수명이 길어졌다고 하지만 별 차이가 없으며, 세월의 빠름은 예나 지금이나 다 같은 것이라 생각된다.

그러고 보니 내 인생도 이제 절반을 넘어섰다. 지금까지 잘 지내온 것은 참 감사한 일이지만, 그동안 이룬 것이 무엇인가를 생각해 본다. 과연 무엇을 이루었나.

물론 여러 가지 이룬 것들이 많다. 이렇게 연륜이 쌓였고, 사랑스런 아내와 만나 가족을 이루었고, 자녀가 장성하여 간다. 기업을 이루어 직원들과 내가 생활을 유지해 나가고 있다. 또 소중한 여러 사람들과 만나 친분을 잘 이어가고 있다. 여러 가지 참 감사한 일들이 많다.

앞으로 해야 할 일, 그리고 이뤄야 할 일도 점점 많아지는 것 같다. 지금까지 지내온 것보다 더 감사한 일들, 더 큰일을 잘 이루며 그것을 잘 전해야 할 텐데……. 인생의 반을 지난 것은 분명하지만, 그렇다고 절대로 조급해서는 안 될 것이다. 매 시간을 소중히 여기면서 인생을 재미있고 즐거운 마음으로 살아가야 할 터인데 말이다.

그리고 더 중요한 것은 많은 사람들에게 좋은 영향력을 미치면서 살아가는 것이다. 오늘도 나는 자전거를 타면서 찬송을 했다.

"지금까지 지내온 것 주의 크신 은혜라. 한이 없는 주의 사랑 어찌 이루 말하랴. 자나깨나 주의 손이 항상 살펴 주시고 모든 일을 주 안에서 형통하게 하시네."

용수와 복수

/

복수라 하면 사람 이름이라고 생각할 것이다. 또 용수도 있었는데, 역시 사람 이름이라고 생각할 것이다. 그러나 둘 다 우리 집에서 키웠던 개의 이름이다. 용수(勇獸)는 용맹스런 짐승이란 뜻이고, 복수(福獸)는 복 있는 짐승이란 뜻이다. 큰형이 지은 것인데, 개 이름 치고는 퍽 지위가 격상된 인간적 이름이라 할 수 있다.

용수는 내가 초등학교 때 길렀던 용맹스러운 재래종 개(일명 똥개)였다. 동네를 주름잡고 개들의 세계(?)를 평정했던, 당시 나름대로 유명한 개였다. 또한 우리 집에 불이 났을 때 짖어대어 우리 가족을 깨워 불을 끄게 했던 영리하고 용맹스런 개였다.

그 개가 팔려 나갔을 때는 며칠 동안 부모님과 나 사이에 극한 상황이 벌어졌다. 나는 단식으로 부모님에게 무언의 항의를 했다.

그런 용수라는 개가 있었음에도 불구하고, 복수라는 개가 내 기억에는 더 남아 있다. 지금도 아쉽다는 생각을 하는 개가 복수이다.

내가 고등학교를 마치고 집에서 농사를 짓고 있었을 때였다. 하루는 어머니가 다 큰 개를 개장수한테 사서 집에 들여놓았다. 생김새가 늑대개와 시베리안 허스키 그리고 진돗개의 잡종인 것처럼 두 귀는 작고 쫑긋하였으며, 꼬리는 위로 꺾여 올라갔고, 검은 털과 흰 털이 섞여 짙은 회색을 띠는 몸에 흰 점이 눈 위에 선명하게 있는 용맹스러워 보이는 개였다. 앞가슴이 의젓하게 딱 벌어진 것이 토종견 같지 않은 용모와 눈매를 가지고 있었다.

이 개는 우리 집에서 10리 정도 떨어진 대명포구 쪽에서 살았는데, 사람을 몇 번 물어 그 주인이 감당키 어려워 팔았다고 한다. 마침 동네 어귀에서 쉬고 있던 개장수의 자전거 뒤에 실린 개장 안에서 불안해하는 개를 보고 어머니가 구해낸 것이었다. 아마 어머니에게 그 개가 눈빛으로 살려 달라고 강렬하게 애원한 것 같았다.

그렇게 하여 그 개는 우리 식구가 되었고, 역시 큰형님이 개의 이름을 복수라고 지었다. 당시 형님은 직업군인이라 타지에 나가 살았는데, 그 복수란 이름이 잘 기억은 안 나지만 우리 집에 와서 당장 붙여진 것은 아니었던 것 같다. 아마도 복수에겐 먼저 살던 집에서 불리던 이름이 있었을 것이다.

복수 역시 우리 집이 낯설어서인지 금방 우리 가족과 친해지지 않았고, 유독 어머니한테만 경계를 풀어 어머니만 쉽게 다가갈 수 있었다. 그 외의 가족들과 친해진 것은 꽤 시간이 흐른 뒤였고, 새로 붙여진 이름이 자기 이름이란 것을 알기까지는 다소 시간이 걸렸을 것이다. 우리 가족과 친해진 뒤로 복수는 나와 같이 뛰고 장난도 하고, 우리 집에서 가족과 거의 동등한 대접과 사랑을 받으며 살았다.

처음에는 목에 테를 두르고 체인으로 기둥에 묶어 키웠으나, 친해진 뒤로는 체인을 풀어줘 문밖을 출입하는 자유까지 누리게 되었다.

그 뒤 나는 대학을 가게 되어 부득이 집을 떠나게 되는 바람에 복수와 1주일이나 2주일에 한 번밖에 만날 수 없었다.

그런데 이상한 것은 집에 모처럼 오면 처음에는 반갑게 나를 맞이하다가도 이내 자기 집으로 돌아가 잠을 자는 것이었다. 그것도 한두 번이 아니고 집에 갈 때마다 그랬다. 내심 개가 나와 떨어져 있다 보니 정도 떨어졌나 싶어 나 역시 복수에 대해서 그리 큰 관심을 갖지 않게 되었다.

전년도에 신체검사를 받은 나는 1학기를 마치고 해병부대에서 훈련을 받은 후 방위로 근무하게 되었다. 50명 정도 되는 방위병들을 관리하는 보직을 맡게 되어 관내 이곳저곳을 많이 다니게 되었는데, 돌아다니다 '아!' 하고 크게 느낀 것이 있었다.

'하하하! 복수 이놈이 그래서 내가 볼 때마다 축 처져 있었구나!'

복수란 놈이 새벽녘에 암캐가 있는 동네에 가서 데이트를 하고 와서는 축 처져 있었던 사실을 알게 된 것이다. 깜찍한 놈 같으니라고!

그 후로 관내 어디를 가든지 주위의 개들을 눈여겨보게 되었다. 거의 대부분이 회검은색 털에 눈 위에 흰 점이 있는 점박이들이었다. 몇몇 누렁이 황견을 제외하고는 80~90퍼센트가 모두 복수를 닮은 개들이었다.

'복수가 대단한 일을 하였구나! 하하하' 하며 나는 그동안 복수에게 베풀어 주지 않았던 사랑을 되돌리기 시작했다. 맛있는 음식도 많이 주고 격을 더 높여 대우해 주었다.

하루는 양곡에 사는 방앗간집 민씨가 셰퍼드를 끌고 우리 집으로 왔다. 소문을 듣고 온 것이었다. 민씨는 정식으로 우리 개에게 도전장을 냈다.

복수와 셰퍼드가 마당에서 서로 눈싸움을 하며 으르렁거리더니 이내 격투가 벌어졌다. 순식간에 물고 물리며 싸우더니 민씨네 셰퍼드가 마당 앞 호두나무에 다리를 하나 번쩍 들어 올리고는 오줌을 찔끔 쌌다. 자신의 세력을 과시하는 것이었다. 승패를 알 수 없을 정도로 싸움이 막상막하였던지라 나는 우리 복수가 진 것으로 알았다.

그런데 복수가 다리를 번쩍 들어 올리더니 셰퍼드가 오줌을 지린 그 위에 힘차게 소변을 내지르는 것이었다. 민씨는 개의 끈을 추스르며, 복수가 이겼다면서 곧 자리를 떴다.

나는 잘 몰랐지만 개는 자기 세력을 소변으로 나타내는데, 승리한 개는 그 위에 소변을 질러 댄다는 것이었다.

민씨는 그 후 몇 번을 더 우리 집에 셰퍼드를 끌고 왔지만, 번번이 이기지 못하고 되돌아갔다. 나의 복수에 대한 사랑은 더해 갔고, 복수의 영역은 반경 2킬로미터에서 4킬로미터로 점점 더 넓어졌다. 복수가 있었을 당시에는 다른 품종의 개를 발견할 수 없었을 정도로 그 일대가 평정되었던 것 같다. 모든 개들이 복수를 빼닮았던 것이다.

2년 후 나는 복학을 하게 돼 다시 집을 떠나게 되었다. 하루는 집에 갔는데 복수가 보이지 않았다. 그놈이 또 일을 치르러 갔나 보다 생각해 그냥 지나쳤다. 그런데 그다음 주에 가도 보이지 않아 어머니께 여쭈었더니 말끝을 흐리셨다. 재차 여쭈었더니 팔았다는 것이었다.

어안이 벙벙하여 왜 팔았냐고 버럭 화를 냈는데, 복수가 뒷동네 아이를 심하게 물었다는 것이었다. 그 아이 병원비를 톡톡히 치르고 그 집에 가서 어머니가 사정사정하여 겨우 용서를 받았다고 하소연하셨다. 그 일로 홧김에 아버지가 약주를 들고 팔아 버렸다고 하셨다. 간신히 화를 누르고 학교로 돌아온 나는 그 뒤 2~3주가량 집에 안 내려갔다. 시간이 흐르며 화가 조금씩 풀려 집에 내려가긴 했지만, 그 마음이 회복되기까지는 꽤 시간이 걸렸다.

그 이후로 우리 집은 개를 키우지 않았다. 헤어지는 게 싫어서 차라리 키우지 않았던 것 같다. 남들이 그렇게 좋아하는 개고기도 나는 먹지 않는다. 우리 아버지도 그러셨다.

그런데 아버지가 설암에 걸리셨을 때 의사가 개고기를 드시라고 권했다. 아버지가 꺼리시길래 내가 마주 앉아 같이 먹자고 했다. 우리는 속으로 눈물을 흘리며 두어 번 개고기를 먹었다.

그리고 친구들에게 한 번 속아서 먹은 적 있고, 한번은 교회 친구들과 회식을 할 때 개고기로 하자는 결정을 반대하기가 좀 미안해 같이 가서 미나리만 건져 먹은 적이 있다. 하여간 이것은 개한테 미안하여 변명하는 것에 불과하다.

지금도 나는 친구들과 개를 화제로 이야기할 때에는 자랑스럽게 얘기하곤 한다. 칭기스칸처럼 용맹스럽고 카사노바 같은 복수가 우리 집에 있었노라고!

아직도 고향에 가면 복수를 닮은 개들이 보인다. 그 개들을 보면 '아직도 면면히 맥을 이어오고 있구나!' 하는 씁쓸하면서도 자부심이 느껴져 뿌듯한 마음이 든다.

9·11 사태

/

　　　　　　1991년 8월 초, 거래하는 미국 회사로부터 편지가 왔다. 자주 오던 편지라 대수롭지 않게 여기며 개봉을 해보니 9월 9일부터 세계 Distributor를 모두 모아놓고 테크니컬 세미나를 할 계획이니 참석하라는 내용이었다.

　언어에 능통하지 못해 별로 내키지 않았지만, 그래도 세계 각국에서 60여 명이 가끔 모이기 때문에 몇 년 그렇게 마주 대하다 보니 친숙해져서 거의 대부분 친구가 되었다. 틈틈이 모여 대화할 때는 분위기가 좋아서 그런대로 가볼 만했다. 또 갈 때마다 새로운 정보를 얻을 수 있어 기술적으로 미흡한 우리나라 관계자들로서는 좋은 기회라 참석하기로 했다.

　떠나기 전에 세미나에만 참석하는 것은 너무 비경제적이다 싶어 다른 제품을 제공하는 회사 두 곳을 추가로 방문하고, 뉴욕에 있는 친구를 만나는 것으로 스케줄을 잡았다.

9월 8일, 미국 콜로라도 주 스프링스라는 도시에 밤늦게 도착했다. 이틀 동안 세미나에 참석하고 9월 10일 참석할 때마다 만났던 브라질·일본·싱가포르·멕시코·독일 친구들과 늦게까지 담소를 나누었다. 헤어지면서 일본 친구한테 내일 어디로 가냐고 물었더니 보스턴 시에 일이 있어 아침 10시쯤 호텔을 떠난다고 했다. 나는 새벽 6시쯤 출발하므로 "넌 참 행복하구나. 늦잠 자도 되니까!" 그를 부러워하며 마지막 인사를 하고 헤어졌다.

다음 날 새벽 일찍 일어나 공항으로 가는 택시에 몸을 실었다. 자주 다니던 공항이라 익숙한 곳이었는데, 그날은 몸 수색을 유난히 한다 싶은 생각이 들었다. 다행히 나를 체크하던 사람은 친절한 노인이라 시간은 걸렸지만 기분 나쁘지 않게 보안 검색을 마치고 유나이티드 에어라인에 탑승해 시카고로 향했다. 뉴저지 주에 있는 뉴왁 공항을 가야 했는데, 직항이 없어 시카고에서 비행기를 갈아타야 했기 때문이다.

기내에서 딱딱한 햄버거 하나 얻어먹고 잠을 잔 듯 만 듯하니 시카고에 도착했다. 비행기에서 내려 뉴왁으로 가는 비행기로 갈아타려고 다른 청사로 급히 가는데, 분위기가 어딘지 이상했다. 사람들이 이리 뛰고 저리 뛰는데 이제까지 내가 느꼈던 보통의 미국 분위기와 사뭇 달랐던 것이다. 출발을 알리는 모니터 보드를 보니 CANCEL, CANCEL, CANCEL… 모든 항공편이 취소되었다는 안내뿐이었다. 이상하여 지나가는 사람에게 물었더니 의아하다는 듯 다급하게 비행기들이 격추되고 전쟁이 났다고 대답하는 것이었다.

순간 너무도 당황스러웠다. 어찌할 바를 몰라 빈 의자에 앉아서 '앞으로 어떻게 해야 하나' 하고 길지 않은 시간 생각을 했다. 우선 뉴욕에 있는 친구 하워드에게 연락해 보는 것이 좋겠다는 판단이 들어 몇 개 안 되는 동전을 들고 공중전화기 앞에 서서 후들거리는 손으로 전화를 했다.

몇 마디 하지도 않았는데 동전이 떨어졌다. 동전을 잔뜩 바꾸어 다시 전화를 하니 그 친구도 흥분해서 펜타곤이 공격당하고 세계무역센터 쌍둥이 빌딩이 비행기 공격을 받아 무너지고 아수라장이 됐다는 것이었다. 한국에 있는 아내도 놀라서 친구인 지누니에게 전화를 건 모양이었다. 남편과 연락이 안 닿아 애를 태우고 있다면서. 그래서 지누니가 하워드에게 내 소식을 들었냐고 전화를 걸었다고 했다. 일단 집사람에게 안심하라고 전해 달라고 부탁하고, 그곳으로 갈 수 있으면 가겠노라 말하고 전화를 끊었다.

부스 밖으로 나오니 아비규환이 따로 없었다. 사람들이 우왕좌왕하고 혼돈스럽기 그지없었다. '빨리 이 공항을 벗어나야겠구나!' 하는 생각을 하고 숙소를 구하기로 했다. 호텔 셔틀버스를 일일이 붙잡고 방이 있느냐고 물었으나 하나같이 고개를 흔들었다. 그러기를 한 시간 이상한 것 같았다. 힘이 빠질 대로 빠진 상태에서 노란 컴퍼터블 인Comfortable Inn 셔틀버스가 한 대 오는 것을 보고 달려가 방을 구할 수 있겠냐고 물으니 검지 손가락을 끌어당기며 버스에 타라고 했다. "땡큐 땡큐"를 연발하며 20분 정도를 가니 허름하지도 호화롭지도 않은 컴퍼터블한 호텔에 다행히도 체크인을 할 수 있었다.

여장을 풀고 잠시 누워 있자니 긴장은 풀렸으나 다시 걱정이 밀려오기 시작했다. '울려고 내가 왔나! 안 와도 되는 것을 왔나' 보다 하고 한탄을 해보았으나 소용없는 일이었다.

잠시 쉬고, 이래선 안 되겠다 싶어 뉴욕이나 로스앤젤레스 쪽으로 갈 수 있는지, 열차를 이용해서 갈 수 있는지 알아봐야겠다고 생각하고 공항으로 다시 나갔다.

그러나 역시 모든 비행기는 캔슬, 열차도 타기 어렵다고 했다. '아이쿠! 정말 큰일났구나! 이 일을 어쩐담?' 하며 깊은 실망과 좌절에 빠지고 말았다. 오가지도 못하는 신세! 타향도 아닌 완전 타국에서 전쟁과 같은 사태로 오갈 데 없는 처량한 신세가 된 것이다.

모든 것을 포기하고 호텔로 돌아와 텔레비전을 보니 정말 난리였다. 컴퓨터그래픽으로도 처리하기 어려운 장면이 나왔다. 비행기가 건물을 들이받아 뚫고 들어가 무너지는 광경을 보고 놀라움을 금할 수 없었다.

어찌 그럴 수가 있는가? 빌딩이 무너지자 처참하게 죽어가는 사람들…. 전쟁도 그런 처참한 전쟁을 본 적이 없었다.

죽어가는 사람들과 먼지와 재를 뒤집어쓰고 누가 누구인지 도저히 분간할 수 없는 다급한 사람들, 그 높은 빌딩이 무너지며 죽어가는 사람들을 쳐다보며 미쳐 버리는 사람들, 그 가족들의 분노와 슬픔, 공포에 질린 시민들…. 도저히 말로 표현하기 어려운 장면들이었다.

나를 생각해 보았다. 그 처참한 사건이 일어나던 바로 그 시간에 나도 유나이티드 항공을 타고 있었다. 어쩌면 나도 죽었을지 모르는 운명이라는 것을 느꼈다. 순간 온몸에 소름이 쫙 끼쳤다. 그 와중에도 다행(?)이라는 생각을 했다.

하룻밤 자고 나서 마음의 여유가 생겼던지 방문하려던 두 회사에 전화를 했다. 방문할 수 없겠노라고 하니 당연하다는 듯 부디 몸조심하고 행운을 빈다고 인사했다. 그러고 나서 어떻게 하면 집으로 빨리 갈 수 있는지 방법을 찾아야겠다 싶어 수시로 공항에 가서 언제 비행기가 정상적으로 출발하는지 확인했다. 그때의 내 모습은 굉장히 초라했을 것이다. 마음고생을 많이 해보았지만, IMF 사태 이후 처음 맛보는 쓰라린 고통이었기 때문이다.

어쨌든 4일째 되는 날, 공항에서 기쁜 소식을 들을 수 있었다. 그다음 날부터 공항이 정상화된다는 소식이었다. 그때의 기쁨은 상상도 못 할 정도였건만, 이미 탈진한 상태인 데다 상황이 또 어떻게 변할지 몰라 불안한 마음은 그대로였다. 다음 날 뉴왁 공항으로 가는 티켓을 끊는 줄에 서서야 비로소 실감이 났다. 친구 하워드에게 이제야 뉴왁 공항으로 갈 수 있게 되었다고 전화를 했다.

며칠 만에 비행기에 올랐다. 집으로 향하는 비행기는 아니었지만, 친구가 있는 곳으로 갈 수 있게 되었으니 안도의 한숨이 나왔다. 한 시간 30분 후, 뉴왁 공항 보딩 브릿지에 내렸다. 순간 몸집이 큰 경비원이 기관총을 들고 비행기 쪽으로 돌진하는 게 보였다. '아! 또 사건이 터졌구나!' 싶었다. 아무도 움직이지 말라고 했다. '이게 또 웬 날벼락이람!' 하면서 몇 분간 떨고 있는데, 경비원이 잠시 해프닝이 있었다면서 가던 길 가라고 했다. 게이트를 나오니 낯익은 얼굴이 근심스러운 표정으로 기다리고 있었다. 순간 눈에 눈물이 핑~! (이 사실은 친구에게 말 안 했다.)

그렇게 하여 지옥과도 같았던 순간들이 끝나고 평화로운 곳에 도착하게 되었다. 아무 일도 못 하고, 할 수도 없었지만 그 순간이 너무 편안하고, 그곳에 친구가 있다는 사실이 너무나 감사했다. 친구는 많은 위로를 해주었다. 나의 놀란 마음을 달래주기 위해 혼란한 당시 상황을 생각하면 남들 눈에 거슬릴 수 있는데 골프장에 데려가기도 하고, 그곳 친구들과 식사도 함께하도록 했다.

한국으로 갈 비행기편이 불확실하여 친구 집에서 이틀 더 신세를 졌다. 밤 12시, 대한항공을 탈 수 있다는 소식을 친구가 전했다. 저녁때 친구와 나는 뉴욕 J. F. 케네디 공항으로 떠났다. 좀 일찍 서둘러야 티켓을 구할 수 있을 것 같아서였다. 스태튼아일랜드에서 공항 가는 길에 본, 테러로 인해 무너진 세계무역센터 빌딩에서는 일주일 가까이 되었음에도 불구하고 아직도 검은 연기가 모락모락 피어 오르고 있었다.

친구는 티켓이 나오고 탑승을 기다리는 긴 시간 동안 나와 함께 있어 주었다. 비교적 마음의 여유가 생겨 그때는 농담도 하고 고향 친구들 얘기며 사사로운 개인사를 많이 이야기했던 것 같다.

그 일이 있은 지 벌써 10년이 지났다. 아직도 그때의 일들이 생생하게 기억나는 것은 너무나 큰 충격이었기 때문일 것이다. 사실 내가 받았던 고통은 아무것도 아니었고, 지극히 운이 좋았던 사람인데도 그렇다. 평화의 중요성, 혼란 속에서 나의 존재의 보잘것없음, 가족과 친구의 소중함과 고마움, 그리고 악이 만들어내는 혼란이 너무나 나쁘고 세상을 공포로 몰아넣는다는 것을 실감했다.

반면 왜 그들이 그런 끔찍한 죄악을 저질렀을까? 그렇게 처참하게 해야만 했을까? 그들만의 평화를 위한 것이었던가? 그것이 정의로운 일이었다고 그들은 생각할까? 그것을 그들에게 묻고 싶었다.

수천 명이 이념 분쟁으로 인해 이유 없이 억울하게 죽어갔다. 그들이 하늘나라에서 행복하기를 기원하며, 슬픔을 당한 그 가족들에게도 많은 위로가 있어 그 슬픔에서 빨리 벗어나길 바란다. 그러한 일을 당하거나 범하는 일이 다시는 없기를 바랄 뿐이다.

꽃 액세서리

/

어려서부터 여자아이들 노는 것을 눈여겨봐서 그런가? 아니면 만드는 것 자체가 좋아서인가?

우선 내가 자란 곳이 시골이라 환경적으로 내가 가지고 놀 만한 소재들은 대부분 자연에서 나는 것들이었다.

4~5월이 되면 클로버가 꽃을 피운다. 우리가 '토끼풀'이라 부르는 것으로, 어렸을 적 이 토끼풀을 많이 뜯어 토끼에게 준 기억이 난다.

이 꽃을 이용한 액세서리가 몇 종류 있는데, 어렸을 때 내가 누구에게 그 액세서리를 만들어 주었는지는 기억이 없지만, 아마도 여동생에게 해주었던 것 같다.

하지만 그것들을 만드는 방법은 지금도 잊지 않고 있다. 신혼 때 아내한테 만들어 줘서 잠시 아내를 기쁘게 한 적도 있다. 그리고 딸이 두세 살 때 몇 개 만들어 주었더니 풀밭에 가기만 하면 꽃을 나에게 들이대는 버릇이 생겼다.

몇 년 동안, 아니 지금도 풀밭에 가서 클로버 꽃을 보면 아내나 딸에게, 심지어 이름 모를 어린아이나 좀 안다 하는 여인에게도 꽃 액세서리를 만들어 주곤 한다.

단지 내 마음이 동심으로 돌아가서, 그리고 그 꽃 액세서리를 받아든 어린아이나 여인들 모두가 선한 마음이 되어 기뻐하는 얼굴을 보는 것이 좋아서, 그리고 내가 알고 있는 기술을 자랑하고 싶어서 그렇게 해주는 것이다.

내가 만드는 토끼풀 꽃 액세서리는 몇 가지가 있다.

먼저 꽃반지이다. 예쁜 토끼풀꽃 두 개를 따서 하나는 꽃 바로 아랫부분을 손톱으로 살짝 가른 다음, 다른 토끼풀의 꽃줄기 밑 부분을 손톱으로 가른 부분에 끼우고 두 꽃이 모이도록 줄기를 당긴다. 그러면 꽃송이가 되는데, 이것을 손가락에 묶고 줄기 부분을 깔끔하게 잘라내면 예쁜 꽃반지가 된다.

또, 비슷한 것으로 꽃시계가 있다. 이것도 꽃반지와 같은 방법으로 만드는데, 이때 고려해야 할 것은 꽃대(줄기)가 어느 정도 길어야 한다는 것이다. 꽃시계를 팔목에 묶어 주어야 하기 때문이다. 요즘 여자들은 대부분 손목이 가늘어 대부분의 꽃으로 꽃시계를 만드는 데 어려움은 없다.

다음으로, 꽃목걸이가 있다. 이것 또한 같은 방법으로 꽃 두 개를 가지고 만드는데, 목을 한 바퀴 감을 정도로 꽃줄기가 길어야 목걸이를 만들 수 있다.

또 하나는 화관이다. 이것은 정성도 많이 들고 시간도 필요한 것으로, 귀한 친구(?)에게 선물하던 것이다. 처음에 너덧 개의 꽃을 뭉친 다음 그 줄기들을 다른 토끼풀꽃으로 계속 감아 내려가면 줄기는 별로 보이지 않고 토끼풀꽃 띠가 되는데, 이것을 머리에 얹을 만큼 길게 한 다음, 그것을 동그랗게 묶어 나머지 줄기 부분을 제거하면 예쁜 화관이 된다. 같은 방법으로 그것을 팔목에 끼울 정도로 마무리를 하면 꽃 팔찌가 된다.

이렇게 되면 대부분의 액세서리를 갖추게 되는데, 하나 빠진 것이 있을 것이다. 맞다! 귀걸이가 없다. 귀걸이는 다른 꽃을 이용해서 만들었다.

분꽃은 시골집이나 학교 꽃밭에서 쉽게 볼 수 있는 늦여름 꽃이다. 분꽃은 색깔이 다양하고 통꽃으로 꽃술이 길어 꽃 자체가 긴 나팔 모양이다. 꽃술 관이 길고 꽃의 맨 아랫부분은 씨를 만들기 위해 동그란 씨방이 달려 있다. 이 꽃의 맨 아랫부분과 씨방을 살짝 떼어 분리하면 꽃술 관이 꽃잎과 씨방을 연결시켜 주는 끈이 된다. 그 자체를 귀 윗부분에 걸면 예쁜 귀걸이가 된다.

언젠가 친구들과 부부 동반하여 야외로 놀러간 적이 있다. 풀밭에 앉아 담소하면서 시간을 보내다가 아내에게 토끼풀로 반지면 꽃시계를 만들어 주었다. 거의 습관화된 행위로 만들어 줬고, 아내 또한 자연스럽게 팔을 내 앞으로 내밀어 꽃 액세서리 선물을 받은 것이다.

그런데 다음에 만났을 때 옆에 있던 친구의 아내가 그 모습을 보고 상당히 부러웠노라고 말하는 것을 듣게 되었다. 그 부인은 그런 꽃 액세서리를 받은 적도 없고, 그러한 액세서리가 있는 줄도 몰랐던 것 같다.

그 뒤로 우연찮게 다시 모일 기회가 있었는데, 마침 근처에 클로버꽃이 있어 그 부인에게 꽃시계를 만들어 선물했다. 스스럼없는 친구의 부인이라 그 부인의 간절한(?) 소망을 이루어준 것이다.

분꽃은 전에 살던 대방동 아파트 앞에 가면 쉽게 볼 수 있었다. 주말이나 좀 여유 있는 저녁에 산책을 할 때 분꽃 귀걸이를 만들어 아내에게 해주었다.

신길동으로 이사간 뒤에도 교회 가는 길에 있는 커다란 화분에서 분꽃이 해마다 자라고 있다. 교회 가는 길은 바빠 가느라 그럴 여유가 없지만 둘이 같이 돌아오는 길에는 가끔은 분꽃을 따서 사람들이 있건 말건 체면 불구하고 아내 귀에 걸어 주곤 한다.

이러한 꽃 액세서리들은 아내가 나를 만나기 전엔 별로 못 해봤고 알지도 못한 것들이었다. 시골 청년을 만나 결혼하여 그러한 것을 선물 받는다는 것은 좀 남다르거나 특이한 일이라 생각된다.

난 결혼할 당시 아내에게 값비싼 액세서리나 패물을 별로 해주지 못했다. 창피한 고백이지만, 아내를 실망시키기 싫어서 몇 가지 패물을 빚 내어 해주었다. 그 사실을 결혼하고 나서 몇 달 후 아내에게 고백하였다.

결혼 초에 월급이 30만 원 정도였던 것으로 기억되는데, 그것을 알고 속으로 얼마나 실망하였을까? 그 갸륵한 마음을 고맙게 생각할 수도 있겠으나, 살림을 맡아 하는 아내로서는 현실적인 문제가 앞섰을 것이다.

그래서 그런지 토끼풀 꽃만 보면 여러 가지 액세서리를 아내에게 해주고 싶다. 그리고 나만의 비법으로 만들어 어린아이나 친한 사람들에게 자랑하며 해주고 싶다.

백김치

/

긴 겨울을 지나 하얀 백김치가 식탁에 올랐다. '아! 먹음직스럽구나!' 하고 젓가락으로 집어들자 길고 짙은 점액질이 실같이 늘어나며 입으로 따라온다.

순간 '이걸 먹어야 되나?' 하며 께름칙한 마음으로 입에 댔더니 시큼한 맛이 혀끝을 자극한다. '에이구! 넌 왜 이제 나와서 시어 빠졌니?' 하고 마음속으로 핀잔을 주었더니 '글쎄 말예요! 진작 나오고 싶었는데 잊어버렸나 보네요' 하고 투덜대는 듯하다.

'그래도 말예요, 내가 늙고 시어빠졌어도 효소 하나는 끝내줘요! 봤죠? 길게 늘어나는 점액질?'

이상은 나와 백김치의 소리 없는 대화였다.

김장을 할 때마다 아내는 김장 끝머리에 몇 포기 남겨두었다가 백김치를 담근다. 쪽파, 마늘, 대추, 밤, 잣, 배, 실고추, 참깨, 양파 등을 넣어 한겨울에 먹으면 그렇게 시원할 수가 없었다. 그 김칫국물 맛은 어디 비교할 데가 없을 정도로 감칠맛이 있고 시원하다.

그런데 그 백김치를 담가두기만 했지 깜빡하고 먹는 시기를 올해는 놓쳤다. 김치냉장고에 김치가 가득하여 일반 냉장고 맨 아랫칸에 두고는 잊어버렸다나.

살림에 전념하던 집사람이 이제는 집안일이 지겨운 모양이다. 가끔 잊어버리는 일들이 하나, 둘, 셋…. 이그~~ 하기야 그럴 때도 되었지! 나이가 얼만데….

백김치가 처음 식탁에 오를 때에는 하얀 살을 드러낸 새악시의 살결 같았다. 그런데 하루가 지나 냉장고에서 다시 나온 백김치는 산화되어 누렇게 변색되어 그야말로 우거지 색깔에 가깝다. 그래도 그 맛은 신비롭기 그지없다.

더욱이 늘어나는 점액질을 보니 다른 어떤 효소 식품도 필요없을 것 같다. 효소의 기능은 전문가가 아니라서 확실히 알 수 없으나, 새로운 세포를 만들어 우리 몸의 노화 속도를 늦추고, 노폐물을 몸 밖으로 배출시켜 주는 기능을 하는 것으로 알고 있다. 따라서 효소 식품을 적당히 먹는 것은 지혜로운 일인데, 우리 식품에는 김치라는 것이 있어 다행이다.

우리 집 백김치의 점액질은 아마도 썰어 넣은 배와 갈아 넣은 양파가 녹아서 그럴 수도 있겠지만, 그것이 발효되면서 짙은 점액질의 엑기스가 돼서 그런 것 같다. 약간 신 듯하지만, 이내 입맛을 돋우는 신비한 맛이다. 못 먹을 것 같으나 다시 젓가락이 백김치를 향한다. 장수할 것 같은 기분을 느끼면서….

사람이 늙더라도 그냥 늙어서는 안 될 것 같다. 그동안의 삶에서 우러난 인생 효소가 물씬 풍기는 그런 사람이 되어야지 싶다. 스스로 자신의 인생을 젊게 하고 다른 사람까지도 젊게 만드는, 그런 효소 같은 인생 말이다. 그 누가 인생 효소를 젓가락으로 집어 삼킬지 모르겠지만 말이다.

해방대

/

한때 베이비붐 덕이었는지 모르겠으나 국가에 병역 의무를 하기는 해야 하는데 장정들이 필요 이상 남아서인지, 국방비가 부족해서인지 보충역이란 단기 군대 제도가 있었고, 그 후로는 방위 제도가 있었다. 근무일수가 365일이 되면 대부분 군대 소집 해제를 시키는 제도였는데, 정상적인 군대를 다녀온 사람은 만기 제대하는 것으로 달리 표현했다.

내 고향은 김포인데, 북한과 가까운 전방 지역이다. 그런 이유에서인지 당시 고등학교 이하 졸업자로 다른 지역으로 이주한 사실이 없으면 대부분 국방의 의무를 지역 방위로 마칠 수 있게 되어 있었다.

특히 고등학교를 마치고 2년 동안 집에서 건달 생활을 하다가 신체검사를 받은 후 대학에 입학한 나는 한 학기를 마친 후 방위 소집을 당했다. 덕분에 다른 친구들은 대학을 다니고 3년 가까운 군 생활을 한 반면, 2년 늦게 대학에 들어간 나는 1년 만에 국방의 의무를 마쳤기에 사회에 진출하는 시기는 결국 마찬가지가 되는 행운을 얻었다.

김포 지역은 지금도 그렇지만 대부분의 지역에 해병대가 주둔하고 있다. 그에 따라 나도 해병부대에 입소하여 4주 동안 훈련을 받고 해병부대 소속 방위, 이른바 해병 방위가 되었다. 해병대 교관과 조교 아래서 훈련을 받아 해병대 훈련과 별반 강도 차이는 없었던 것으로 안다. 다만 기간이 짧아 공수 훈련과 상륙 훈련은 받지 않았다.

훈련받을 때 당시 해병부대의 장병들은 자신들의 훈련을 회상시켜서였는지 재미있어하는 눈초리로 우리를 구경하곤 했다. 훈련은 대체로 기합으로 시작해서 기합으로 끝났다. 그 과정에서 실신하는 동료들도 몇 명 있었다.

밤에 점호할 때 지적 사항이 나와 조교 입에서 "배치 붙어!" 하는 소리가 나오면 일제히 이층 침상에 발을 걸고 머리는 아래쪽으로 하여 두 손으로 물구나무서기를 하는 기합을 받았다. 이 동작이 순식간에 일치하지 않으면 조교가 한쪽 끝에서 발로 툭 걸어찼다. 그러면 그쪽 침상에 있는 20명이 주르르 나동그라지는 참변을 당했다.

위생시설은 전무하다시피 했는데, 해병대는 무에서 유를 창조해야 하고 안 되는 것을 되게 해야 한다며 수통 하나를 가지고 목욕도 하고 양말까지 빨라고 교육시켰다. 물론 공식적인 교육은 아니었지만, 놀랍게도 그것이 정말 가능했다. 목욕은 머리부터 발끝까지 전신 목욕이었고, 양말은 빤 다음 비틀어 물이 주르룩 짜질 정도가 되는 정상적인(?) 세탁이 이루어졌다.

머리는 짧고 몸은 땀에 흠뻑 젖은 상태라 손으로 물을 약간 묻혀 비비면 때가 도르륵 말려 다 벗겨지고, 몇 번 손에 물을 묻혀 땀과 때를 닦아내면 그걸로 목욕은 끝이었다.

그러고도 물이 약간 남는데, 젖은 양말에 물을 몇 방울 더하고 비벼 비틀어 짜면 땟국물이 주르르 흐른다. 그다음 비교적 물을 충분히 적셔 두어 번 비틀어 짜면 세탁 끝이다. 약 1리터의 물을 가지고 목욕과 양말 세탁을 정말 할 수 있었던 것이다.

사실 그때도 샤워 시설이 있긴 했다. 비록 매일 할 수 있는 것은 아니지만 일주일에 한두 번 샤워를 할 수 있었다.

그러한 훈련이 4주 만에 끝나게 되는데, 번지르르하던 얼굴의 기름기가 쪼옥 빠지고 기미도 생기고 뱃살도 쭈욱 빠진다. 그리고 얼굴은 햇볕과 바람에 그을려 눈만 반짝반짝하는 검은 빛으로 변하곤 했다.

물론 해병대를 지원하거나 징집되어 훈련을 받은 대원들은 방위소집 훈련병보다 훨씬 더 고달프고 엄한 교육을 받는다는 것은 말할 필요가 없다.

그런 가운데서도 어느 정도 해병대 정신이랄까, 그러한 것이 몸에 배게 되는 것을 부정할 수는 없었다. 하지만 정규 해병들보다 편하고 짧은 군 생활이라 미안함도 있었고, 그들보다는 하급이라고 생각했다. 그래서인지 해병들에게 무시당하던 방위병들이었지만, 다른 군을 다녀온 사람들과 군대 얘기를 할 때는 별로 거리낌 없이 해병대 방위를, 소위 '해방대'를 마쳤노라고 당당히 말하곤 했다.

친구

/

　　세상에 태어나 사회 구성원이 되어
가면서 친구들이 생긴다. 관계가 지속되면 친한 친구가 되고, 더 오랫
동안 지속되면 절친한 친구가 되어 마음을 터놓고 물질적·정신적으로
거의 모든 것을 나눌 정도로 막역한 관계가 된다.

　　그러한 친구도 긴 세월 만나지 못하게 되면 그전과 같지 않은 관계
가 되기도 하지만(그동안의 삶이 각자 다른 방향이었을지도 모르기에), 대체로 쉽게
예전과 같이 가까워지곤 한다.

　　부끄러운 이야기이지만, 과거 친구에 대한 나의 의리는 무척이나
대단했다고 자부를 했다. 하지만 지금은 솔직히 말해 그 의리 있던, 무
엇이나 나누겠다던 마음이 현실의 생활에 집착하다 보니 거의 소멸한
상태이다. 아니 소멸했다기보다는 내 주위에 집착하게 되면서 그 마
음을 감당하지 못하는 소극적이고 개인주의자가 되어 버렸다는 것이
맞을 것이다. 그 때문에 살면서 많은 친구들에게 미안하다는 생각을

많이 한다.

나에겐 여러 계층의 친구들이 많이 있다. 그중 한 명이 중학교 때부터 알던 친구이다. 젊었을 때 화려하게 놀았던 일종의 건달기도 있고, 나름대로 세상 쓴맛 단맛 다 본 친구이다.

그렇게 나름대로 재미있게 살던 친구가 몇 년 일본에 가서 사업을 하고 돌아와서 이곳저곳 배회하다가 전남 신안군 비금도란 섬에 정착하게 되었다. 가장 큰 이유는 당뇨가 와서 건강이 좋지 못한 관계로 환경이 좋은 곳을 여행하다가 그곳에서 자신이 찾던 이상향의 땅을 만나게 됐다는 것이다.

몇 년 살다 보니 정도 들고, 생전 지어 본 적 없는 그 섬의 특산물 섬초와 봄동 농사도 하고, 소금 판매를 취미 겸 생업 겸 하면서 욕심 없이 안빈낙도의 마음으로 즐겁게 살고 있다.

몇 년 전 초등학교 절친 친구들과 부부 동반하여 그곳을 다녀왔다. 비록 학문에 뜻을 두었던 친구 사이는 아니었지만, 절친한 친구가 멀리서 왔으니 어찌 즐겁지 아니한가(有朋而自遠方來하니 不亦樂乎라)! 이틀 동안 친구는 우리들을 즐겁게 관광도 시켜 주고 맛있는 음식도 대접해 주었다.

사실 우리가 많이 베풀고 오자고 마음먹고 간 건데, 친구는 우리가 경제적 실권을 조금도 휘두르지 못하게 막아 버렸다. 하도 고마워 가끔 안부 전화를 하는데, 오히려 그 친구가 전화도 더 자주 하고 그곳 특산물 시즌이 되면 섬초나 봄동을 택배로 한 상자씩 듬뿍듬뿍 보내준다.

그래서 늘 미안한 마음을 갖게 만드는 친구인데. 그러한 베풂은 나한테만 하는 것이 아니라 많은 사람에게 하고 있다. 어찌 그리 마음이 풍성한지! 나 스스로를 부끄럽게 만드는 친구이다.

친구 생각을 하고, 친구에 대한 생각을 실제 행한다는 것은 참으로 어려운 일이다. 그런 경지에 이른 사람은 됨됨이가 된 사람임에 틀림없다. 그러한 마음이 나에게도 되살아나면 좋겠다.

목숨은 못 내놓을망정, 어느 친구가 크게 잘못되어 경제적으로 회복시킬 정도의 도움을 못 줄지라도, 잔잔한 정과 배려하는 마음이 늘 살아 있는 그런 사람이 되고 싶다.

며칠 전 그 친구가 "어이 친구! 금년에 시금치 농사 재미 봤어! 봄동 농사 잘 짓고 끝물이라 친구 생각 나서 한 상자 보내니까 맛있게 먹어! 그리고 하는 사업도 잘하고!" 하며 예쁘고 앙증맞게 깨끗이 손질된 봄동을 한 상자 보내왔다. 요즘 식사 때마다 그 친구의 정을 맛보고 있다.

"무엇 하나 좋은 선물을 보내야 할 텐데…."

깊은 고민을 하고 있는 중이다.

양푼비빔밥

우리 어렸을 때는 간식거리라고 해야 감자나 고구마가 일반적이었다. 그것조차 없어서 못 먹던 가정도 허다했다. 특히 밤이 길어지는 가을부터 초봄까지는 저녁을 먹고 긴 밤을 가족들과 오순도순 이야기하다 보면 속이 출출해져서 화로에 고구마나 감자를 구워 먹곤 했다.

그것도 없을 때에는 먹고 남은 찬밥을 양푼에 담고 김치며 깍두기, 무채, 장아찌를 넣고 들기름도 약간 넣은 다음 화롯불에 얹어 비벼 먹곤 했는데 그 맛이 정말로 꿀맛이었다. 형제자매들이 서로 눈치보면서 마파람에 게눈 감추듯 순식간에 먹어치우던 일들이 기억난다.

울산 어느 정유회사를 방문하기 위해 오전 9시 30분쯤 비행기를 타고 울산공항에 도착하니 11시쯤 되었다. 약속 시간은 오후 1시 30분이었기 때문에 시간이 남은지라 택시 운전기사에게 시내 번화가로 가달라고 부탁했다. 마침 전국체전이 열리고 있어 체전을 알리는 플래카드

와 깃발들이 깨끗한 거리를 수놓고 있었다. 날씨도 좋고, 거리가 여느 때보다 활기차고 화려한 것 같았다.

그런 느낌도 잠시, 출장 다닐 때에는 조금이라도 긴장을 늦출 수가 없다. 약속 장소로 가기 전에 점심을 먹으려고 식당을 찾아 두리번거렸다. 식당들이 있어 보이는 직사각형으로 된 한 블록을 골라 한 바퀴 돌면서 무슨 먹거리가 있나 살폈다. 눈에 띈 것은 양푼비빔밥, 분식집, 설렁탕집이었다.

설렁탕을 먹으면 일찍 배가 고파지고, 분식집을 가자니 기껏 출장 와서 너무 가볍게 먹는 것 같고, 양푼비빔밥이 낯익기도 하고 어릴 적 가족들과 밤늦게 화롯불에 비벼 먹던 추억이 되살아나서 식당에 들어가 의자에 걸터앉았다.

주문을 하고 몇 분을 기다리니 반찬과 된장찌개 그리고 찌그러진 양푼에 담긴 밥이 덩그러니 내 코밑에 자리를 잡았다. 순간 찌그러진 양푼이 마음을 상하게 만들었다.

'식사를 하려고 이 귀한 손님께서 들어와서 기껏 주문했는데 고작 찌그러진 양푼에 개밥 주듯이 밥을 엉성하게 퍼넣고 손님한테 디밀어? 좀 거지 같네!'

좋지 않은 기분으로 주위를 둘러보니 거의 다 양푼비빔밥을 주문했나 본데, 멀쩡한 양푼이 하나도 없는 것 같았다. 일부러 찌그러트렸나 싶어 양푼을 만져 보니 알루미늄으로 얇게 만들어져 있어 쉽게 찌그러지게 생겨 먹었다.

앞에 놓인 반찬을 보니 나물 몇 가지와 고추장·참기름이 있었다. 그걸 넣고 적당히 비비라는 것 같아 옛날을 생각하며 열심히 비벼 입속에 넣었다. 아! 제법 그런대로 먹을 만한 맛이었다. 옛날에 여러 번 먹어 봤던 건데 공연히 거드름 피우고 생소한 것처럼 건방을 떨었던 것이 미안해졌다.

삼삼오오 짝을 지어 온 손님들은 왁자지껄 정담을 나누며 맛있게, 그리고 기분 좋게 먹고 있었다. 숟가락으로 양푼을 달그락달그락 긁어 대면서….

그런데 나는 혼자 먹어서 그런지 옛 맛은 있었으나 기분이 쓸쓸하고 서글퍼지면서 어느 가수가 부른 〈TV를 보면서〉라는 유행가가 떠올랐다. "혼자 먹는 식사는 이미 식어 버렸네~"

추억을 살리려면 타당한 분위기와 시간, 그것에 같이 공감할 사람이 있어야 할 것 같다. 분명 나 혼자가 아닌 누구와 같이 있었더라면 그 양푼비빔밥 점심은 정겨운 식사였을 것이다. 아마도 지난날을 이야기하면서 좀 더 맛있게 먹었을 것이다.

이코노미 스페셜 울트라 클래스

/

　　　　　　　　　　　　　지난 4월 말 갑자기 일이 생겨서 중국 베이징으로 출장가게 되었다. 급히 가게 된 일이라서 여행사에 비자 신청을 하고 부랴부랴 티켓을 구입한 탓에 보통때보다 비싼 비용을 들여 가는 기분으로 트랩에 올랐다.

　출장을 다닐 때는 이코노미 클래스로 가는 것이 내 분수에 맞는지라 이번 여행도 마찬가지였다. 보잉 747의 경우 좌석 맨 앞쪽 다섯 줄 정도가 퍼스트 클래스First Class, 그 뒤로 다섯 줄 또는 여섯 줄과 2층이 비즈니스 클래스, 그 뒤가 이코노미 클래스가 되는데 퍼스트와 비즈니스 클래스의 좌석은 이코노미 클래스에 비해 훨씬 넓고 좀 더 좋은 음식과 서비스를 받는다. 그 때문에 장거리 여행을 할 경우에는 은근히 앞 좌석을 시샘하곤 했다.

　그런데 이번 출장은 비록 두 시간의 짧은 비행거리였지만 운 좋게도 이코노미 초특급 좌석을 배치받았다. 비상구가 있는 좌석이 이코노미

석에서는 가장 앞자리에 여유가 있어 좋은 자리지만, 내가 받은 자리는 그런 넓은 좌석이 아닌 보통의 통로에서 두 번째 자리였다.

차례에 따라 나는 중간 약간 뒤에 있는 좌석을 확인하고 가방을 트렁크에 올린 후 자리에 앉았다. 시간이 꽤 경과했으나 내 한쪽 옆에는 승객이 앉지 않았다. 내심 빈자리였으면 하는 바람이었는데, 그런 생각을 하자마자 부랴부랴 세 살 정도 된 어린아이를 들쳐멘 젊은 아빠와 그 뒤로 갓난아이를 안은 훤칠한 젊은 여인이 뒤를 따랐다.

내가 앉아 있는 부근으로 오자 아기 아빠는 비어 있는 창측의 두 자리에 어린아이와 함께 앉고, 내 옆자리에는 갓난아이를 안은 훤칠한 여인이 앉았다. 내리깔았던 눈을 치켜뜨며 눈인사를 하면서 그 여인을 보니 꽤나 인상 좋고 호감이 가는 미인형 얼굴이었다.

잠시 숨을 돌린 그 여인이 스튜어디스에게 중국말로 유창하게 말하는 것을 보니 중국인이 틀림없는 것 같았다. 그런데 남편인 듯한 사람과 이야기를 하는데 어라! 한국말이 아주 유창하지는 않았으나 중국 동포 정도 수준은 되는 것 같았다. 그 여인은 갓난아이를 토닥이며 남편과 대화를 나누었고, 나는 눈을 감고 잠을 청했다.

비행기를 타면 이상하게도 나는 이륙하기 전에 잠시 잠을 자는 버릇이 있다. 언제부터인지 모르지만 나로서도 참 괴상한 버릇이 생긴 것이다. 그때도 깜박 잠이 들려던 차였는데, 비행기가 이륙하며 기압이 변해서인지 갓난아이가 갑자기 자지러지는 소리를 내며 울어 잠이 깨고 말았다. 아기 엄마가 당황하여 아기를 토닥이는데 이게 웬일인가! 갑자기 옷을 들어 올리더니 아기한테 젖을 물리는 것이 아닌가. 옆에 있는 나를 전혀 의식하지 않고 아기에게 수유를 하는 것이었다. 일부러 보려고 한 것은 아니지만 자연스럽게 그 모습을 너무나 자세히 보게 되어 순간 당황하지 않을 수 없었다.

그러나 그 여인의 자연스러운 행동에 나 자신도 당연한 것처럼 안정을 되찾으려 노력했다. 이상하게도 성적 흥분 같은 게 전혀 없이 그 모습이 너무나 아름답게 보였다. 나도 아기였을 때는 우리 어머니가 남이 보건 말건 내가 배고파 보챌 때는 저렇게 젖을 먹이셨을 것이라는 생각이 들어 그 여인이 정겹게 보이기까지 했다. 아기는 엄마 젖을 빨고는 이내 평정을 찾아 새근새근 잠이 들었는데, 그 모습이 너무나 곱고 귀엽고 평화로워 보였다.

요즘 우리나라 산모들도 모유를 많이 먹인다고 하는데 문화적 배경이 그래서 그런지 모르겠으나 아기에게 젖을 물리는 일이 여간 조심스럽지 않다. 그 아기 엄마의 모습을 보면서 이렇게 당당하게 수유하는 것도 여성의 권리이고 참 자랑스러운 일이로구나 하는 생각이 들었다.

또, 요즈음 배가 불러 뒤뚱뒤뚱 걷는 예비 엄마들을 보면 왜 그리 예쁘고 귀여운지! 그런 예비 엄마들을 보면 훌륭한 보디가드가 되어 주고 싶은 생각이 든다.

시간이 어느 정도 지나자 기내식이 나왔다. 식사를 하면서 그 여인에게 말을 붙였다. 중국에 사시냐고 묻자 친정에 다니러 간다고 했다. 일본 유학 도중 한국인 남편을 만나 결혼하게 되었단다. 나도 일본을 자주 왔다 갔다 한다니까 일본말로 여러 가지를 물었다. 나도 아주 유창하지는 않지만 일본말로 스스럼없이 대화하다 보니 조금 더 친숙해져 베이징에 도착할 때까지 기분 좋은 시간을 가졌다.

물론 아기는 두어 번 더 깨서 칭얼거렸고, 그때마다 아기 엄마는 스스럼없이 그 예쁜 젖을 꺼내어 아기에게 물려주었다. 아름답고 너무도 자연스러운 일이지만, 조금 쑥스러운 생각이 들어 눈길을 돌려 피해 주었다.

더 멀리 가고 싶은데 아쉽게도 비행기가 빨리 도착했다. 인사를 하고 자리에서 일어나 내가 앉았던 자리를 다시 한 번 살펴보고 입구 쪽으로 나오다 비즈니스 클래스를 지나면서 그런 생각을 했다.

'나는 여기를 오면서 비즈니스 클래스나 퍼스트 클래스보다 더 좋은 이코노미 울트라 스페셜 클래스로 베이징에 왔노라!'고.

쥐불놀이 싸움과 뱀장어

/

　　　　　　　　　　　내가 살던 초원지리는 글자 그대로
초원이 펼쳐진 평야 지대의 중심지이다. 종생벌판, 도룡동, 귀뚤개, 유
현리, 가오대, 양곡, 오니산리, 거물대리를 휘도는 넓은 벌판을 앞에 둔
밋밋한 산이 있는 시골 마을이었다.

　봄부터 가을까지 우리 부모님을 비롯한 농부들이 땀을 쏟고 바쁘게
일하시던 그 벌판은 희망이요 꿈인 삶의 터전이었다. 물론 우리도 농부
의 자식이 된 죄로 약간의 땀을 흘렸고 부모님을 조금씩 도와드리긴 했
다. 하지만 나 같은 경우는 그리 큰 도움이 되어 드리지 못했고 농사일
이 하기 싫어 온갖 노력을 다했던 것 같다.

　나에겐 이 벌판에서 경험했던 여러 가지 추억이 있는데, 그중에서
도 가장 기억에 남는 것은 쥐불놀이 싸움과 개울에서 고기 잡던 일이
다. 지금도 김포를 가면 일부러 들길을 걸으며 어렸을 때의 일들을 회
상하며 마음을 안정시키곤 한다. 나도 촌놈이라서 그 들길을 걸을 때에

는 아직도 농사지으며 고생하시는 동네 형님들이나 어르신들한테 죄송한 마음이 들어 농사가 바쁜 철에는 가지 않고, 사람이 없을 때 그 길을 주로 걷는다.

벼가 익어 가고 코스모스가 피어 있는 가을 논길은 한적한데, 내가 가장 좋아하는 평화로운 산책로여서 가끔 어느 여가수의 〈들길 따라서〉를 부르며 걷기도 한다.

어렸을 적 새벽과 저녁때면 건넛마을에 굴뚝에서 나온 연기가 얕게 깔려 동네를 휘돌아 감싸안고, 그 속에서 건너편 동네의 개 짖는 소리가 평화롭게 들려왔다. 또한 도룡동 쪽에서 "상억아, 밥 먹어라", 뒷동네 깨뚜리 쪽에서 "의철아, 밥 먹어라" 부르는 소리가 다 들릴 정도로 무척 고요했다.

그처럼 평화롭던 들판에 정월 초사흘이 지나면 이상하리만큼 전운이 감돌았다. 앞 동네는 양촌면 유현리로 동네 고유의 이름은 귀뚤개라고 불렸는데, 그 동네와의 쥐불놀이 싸움의 막이 서서히 올라가고 있었던 것이다.

처음에 동네 앞에서 불놀이를 하던 우리는 일부러 귀뚤개 앞까지 가서 불을 놓고는 소리 지르며 욕설을 해댔다. 내가 판단하기에 좀 호전적이던 우리 동네가 먼저 시비를 걸었던 것 같지만, 건넛마을에서도 은근히 때를 기다렸다는 듯이 곧바로 대응했으므로 전쟁은 어느 쪽이 먼저랄 것도 없이 동시에 시작한 셈이었다.

이쪽에서 시비를 걸면 귀뚤개의 좀 건장한 아이들이 떼로 모여 몽둥이나 돌멩이를 가지고 반격을 해왔다. 쫓고 쫓기며 갈수록 양측의 군사(?)가 늘어나고, 군사들의 나이도 10대 초반에서 중반, 급기야 20대로 넘어갔다. 또 앞 동네는 연합군(도룡동·귀뚤개·함배·유현리·꾸지·가오대)을 결성해 초원지리를 공격했는데, 정월 대보름이 되면 그 싸움이 극에 달해 청년들 싸움이 된 후에야 끝이 났다. 경미한 부상자가 꼭 한두 명 있었지만 실제로 육탄전이나 몸싸움은 없었다. 단지 모여 집단의 힘을 과시하는 그 자체로 대부분 막을 내리곤 했다. 꼭 초반에는 가장 어린 우리가 싸움을 시작했다가, 끝날 무렵인 정월 대보름에는 뒷전으로 물러나 쥐불 깡통을 돌려대고 소리 지르며 형들을 응원했던 생각이 난다.

나의 무용담을 하나 얘기하자면, 초반에 앞 동네 어수룩한 놈의 신발을 빼앗는 전과도 올리기도 하였고 그 신발을 미끼로 그 아이를 나의 포로로 삼기도 했다. 전세가 불리하면 화랑 관창 같은 마음을 먹고 적진에 뛰어들어 반격을 가했던 기억도 난다. 이미 세상에 없는 우용이란 친구는 장비같이 용감해서 작대기에 쇠줄을 달고 휘두르면 앞 동네 놈들이 혼비백산하여 달아났다.

이러한 전쟁은 대개 동네 어르신들의 꾸지람으로 막을 내리고, 4월이 되면 개구리 울음소리를 시작으로 송아지 울어대고 농부들 소 모는 소리로 활기가 넘쳤다. 앞 동네 아저씨와 우리 동네 아저씨가 막걸리 새참을 나눠 먹으며 언제 그랬냐는 듯 정답게 얘기를 나누던 모습이 눈에 선하다.

지금은 경지 정리가 다 되었지만 그 당시에는 앞 동네와 우리 동네를 가르는 경계선이 있었다. 바로 개울이다. 그 개울은 수안산에서 흐르기 시작한 물과 수리조합의 퇴수가 되어 흘러내린 물들이 아래쪽으로 흘러내려오다가 그 물이 감당할 수 없는 상태가 되어 도랑을 이룬 것이다. 낙차가 제법 있어서 처음 개울이 시작되는 곳은 꼬마들의 키 정도 깊이 아래로 폭포를 이루었다. 그곳은 비가 많이 오거나 장마철이 되면 자주 무너져 역삼각형 모양이 되었는데, 물고기들이 위로 올라오다가 더 이상 올라갈 곳이 없는 막다른 곳이라 유난히 고기도 많았다. 그로 인해 우리 동네 사람들의 밥상이 그리 초라하지 않았던 고마운 곳이었다. 바로 위에 논을 갖고 있던 사람은 여름부터 막을 지어서 가을까지 참게를 많이 잡기도 했다.

아마 초등학교 4~5학년 무렵이었으리라. 나와 자훈이 그리고 자일이는 가끔 하던 대로 채와 찌그러진 양동이를 들고 그 개울로 갔다. 물이 적게 흐르는 초가을이 아니었나 싶은데, 고기 잡는 데 익숙한 우리인지라 위에서 떨어지는 물을 차단하고 삼각형 모양이 된 개울머리 앞부분을 막고 물을 퍼서 고기를 잡기 시작했다. 땀을 뻘뻘 흘리며 몇 시간은 족히 물을 퍼냈는데, 앞뒤로 막아 놓은 곳이 자꾸 터지는 바람에 달려가서 막고 다시 물을 퍼내느라 기진맥진했던 일이 생각난다.

당시의 복장은 위는 러닝셔츠, 아래는 검은색에 흰 줄이 쳐진 운동회 때 입던 팬티(?)였다. 윗옷은 흙이 다 튀어 이미 벗어 개울 둑 위로 내던진 상태였고, 팬티는 곤죽이 된 흙탕물에 젖어 무거워진 탓에 무릎 아래로 자꾸 흘러내려 끄집어 올리기를 수십 차례 했다. 설상가상으로 빠가사리 새끼가 많아서 잘못 건드리면 톡톡 쏘아대는데, 예방주사보다 더 따끔하게 아파서 눈물을 찔끔거릴 정도였다.

해가 뉘엿뉘엿 질 무렵 드디어 바닥이 보이기 시작했다. 잡을 수 있는 고기는 모조리 주워 담고 있는데 무엇인가 팔뚝만큼이나 굵고 긴 것이 개울 바닥에 꿈틀대고 있었다. 순간 나는 "뱀장어다!" 하며 채를 그

괴물을 겨냥하여 꾹 눌렀다. 그때 우리 친구들 중에 제일 겁이 많았던 자일이가 "야! 구렁이야" 하고 소리를 질렀다. 어려서부터 유난히 겁이 많았던 이 친구는 겁나면 도망가는 데 그 누구보다도 선수였다. 나와 자훈이도 화들짝 놀라 개울 밖으로 도망쳤는데, 키가 작았던 자훈이는 다리가 짧은 데다 팬티가 무릎 아래로 자꾸 흘러내려 개울 둑을 올라가다가 여러 번 미끄러졌다. 자일이는 말할 것도 없이 벌써 논두렁에 올라가 저만큼 도망가 있었다.

그러나 순간 굵은 뱀장어가 분명하다는 생각이 들었다. 나는 뒤돌아 잽싸게 개울로 뛰어들어 채를 다시 꾹 누르고 안을 들여다보았다. 뱀장어가 곤죽이 된 흙덩이 밑을 벌써 빠져나가 둑 밑 말뚝 사이로 기어들어가고 있는 게 보였다. 바로 그때 앞뒤로 막았던 둑이 터져 우리 셋은 진흙 범벅이 된 채 망연자실하고 말았다. 모든 것이 고기를 잡기 전과 같은 상태로 되어 채와 양동이만이 물길 따라 뱅뱅 돌고 있었다. 그래도 다행히 양동이 안에 붕어 몇 마리와 빠가사리, 버들붕어, 메기 새끼를 담을 수 있었따. 우리는 별이 총총 뜨기 시작한 늦저녁 하늘을 보며 허기진 배를 움켜쥐고 논두렁을 비틀비틀거리며 집으로 돌아왔다.

지금은 환경이 너무나 많이 바뀌어 예전의 모습은 거의 사라져 버렸다. 위 이야기에 나오는 친구들 중에 벌판에서 용맹스럽던 친구와 겁이 무척 많았던 친구는 마음 아프게도 벌써 유명을 달리했다. 건강하게 같이 살고 있으면 얼마나 좋을까. 나이가 들면서 옛일을 많이 생각하게 된다. 고향 친구들, 특히 초·중·고등학교 때의 친구들을 만나면 그 어렸던 마음들을 하나하나 끄집어내며 순박하고 순진하였던 그때로 되돌아가고 싶다. 하지만 이제는 마음뿐이니….

나는 꿈을 이룬 부자다
●

꽃을 든 남자

/

꽃을 든 여자는 아름답다. 꽃이 아름 다울뿐더러 그 여인은 더 예뻐 보인다.

남자가 꽃을 든다면? 우선 얼굴 팔린다는 생각이 앞서게 마련이다. 나 역시 얼굴 팔리는 일이라 꽃을 들고 다니는 일은 고역임에 틀림없 지만, 그것도 몇 번 반복하게 되니 견딜 만한 일이요, 또한 받을 사람이 기뻐할 생각을 하면 그 정도의 쑥스러움은 참을 만하다고 생각한다. 그 리고 이제는 제법 익숙하기도 하다.

친구들이 만든 카페에 들락거리며 느낀 것은 남녀 모두 꽃을 좋아한 다는 것이다. 또 꽃을 좋아하는 사람은 천성이 착하고 마음이 아름답 다고 생각한다. 우리 초등학교 카페의 동기들은 김포시 대곶 출신들이 다. 그곳 출신들이 천성적으로 착하다는 것은 당연한 이야기이지만 꽃 을 좋아한다는 표현까지 하는 것은 약간 의외였다. 왜냐하면 성격이 느 긋하여 표현하는 데 익숙하지 않고, 또 시골이라 늘 자연에서 피는 꽃들을 덤덤히 봐왔으니까.

의외로 꽃에 대한 지식도 풍부하다. 상사화에 대해 설명하는 친구, 〈꽃밭에 앉아서〉란 노래를 들려주는 친구, 꽃집에서 사진을 찍어 자료실에 올리는 친구, 자기 집 뜰에 있는 꽃을 찍어 올리고 심지어 분양하겠다는 친구, 좋은 곳에 갔다가 꽃이 아름다워 보여준다는 친구, 스승의 날, 결혼식이라고 꽃다발을 올리는 친구들, 각종 꽃과 희귀한 꽃을 올리는 친구들을 보면 상상 이상으로 꽃을 좋아한다는 것을 알 수 있다. 또한 그 꽃들을 보고 감탄하는 것을 보니 그들의 마음이 꽃처럼 아름다워 보였다. 그런데 여자 친구들 대부분이 그렇다.

앞서 말했듯이 나는 꽃을 자주 들고 다녔었다. 요즘은 많이 뜸해졌지만 말이다. 그 꽃은 대부분 아내를 위한 것이었다. 물론 아주 가끔은 그 꽃의 주인공이 다른 사람이었을 때도 있었지만.

꽃을 좋아만 하는 남자친구들에게 묻고 싶다.

꽃을 그렇게 좋아하면서 얼굴 팔리는 짓을 해보았는지? 꽃을 들고 집으로 가서 아내에게나 어느 여인에게 꽃 선물을 해보았는가를 묻는 것이다. 다행히 있다면, 그를 참 멋있는 친구라고 생각한다. 심지어 존경심까지 전하고 싶다.

사실 어버이날 아빠와 엄마는 자식들에게 의례적으로 꽃을 받는다. 사랑스런 자식이 꽃을 가슴에 꽂아 주거나 꽃다발을 받게 되면 뭉클한 감동을 느낀다. 물론 분위기 때문에 뭉클할 수도 있겠으나, 그 중요한 매개체는 꽃이다.

또 무뚝뚝한 줄로만 알았던 남편으로부터 아내가 꽃 선물을 받는다? 그 아내의 마음을 상상해 보았는가? (똑같이 무뚝뚝한 아내라면 할 말이 없겠지만)

나는 꿈을 이룬 부자다
●

아마 꽃을 받고 기쁨에 겨워 울기까지야 안 하겠지만(혹은 있을 수도 있겠지
만), 그 부인이 느낄 잔잔한 기쁨은 세월에 깊어지는 주름을 조금씩 메워
주는 좋은 보약이 되어 기분 좋은 날을 보내지 않을까.

꽃을 받아든 순간 함박 웃는 부인의 얼굴은 건네준 꽃보다 더 아리
땁다. 꽃은 그만큼 상당한 힘을 가진 선물이다.

여러분에게 한번 얼굴 팔려 보기를 권한다. 꽃집에 가서 꽃을 살 때
기다리는 시간이 정말이지 어색하고 그렇게 거북할 수가 없지만 몇 번
하다 보면 별로 거리끼지도 않고 어색함도 없어진다.

정 어렵고 힘들다면 길 가다 덩굴장미도 있고 토끼풀꽃, 분꽃, 심지
어 냉이꽃 등 정말 많지 않은가? 길가 덩굴장미 두 송이 꺾어 아내에게
불쑥 내밀어 보라. 아니면 시골 길을 같이 걷다가 예쁜 들꽃 한두 송이
꺾어 주면서 "당신처럼 예뻐서 주는 거야!" 이렇게 말해 보라. 그러면
당신의 아내는 무척 기뻐할 것이다.

일상 이야기
•

아니! 벌써 20년?

/

대전으로 상담을 가는 길이었다. 오산을 지나자 슬슬 졸음이 오기 시작했다. 뺨을 꼬집어 보기도 하였지만 눈이 자꾸 감긴다. 창문을 열어도 별 소용이 없다. 이럴 때는 음악 틀어놓고 노래를 따라 부르는 것이 최고다. 어느 정도 잠이 깼지만 그래도 졸음이 엄습해 온다. 눈꺼풀이 무거워지며 나를 쿡쿡 누른다.

이러한 증세는 비단 이 길에서만 아니라 나이가 들어 가면서 습관이 되어서 그런지 운전할 때마다 나타나고 있다. 마침 쉬어 가는 곳이 있어 잠깐 눈을 붙였더니 한층 가벼워진 기분이다.

다시 차를 몰고 목적지를 향해 달리기 전에 친구한테 핸즈프리로 전화를 했다. "야, 통화해도 되겠어?" 20여 년 지기로, 나와 처지가 너무나 흡사하고 성격 또한 비슷해 마치 내 자신을 보는 것 같은 그런 친구이다. JD 역시 지금 원주로 출장 가는데 혼자 가던 길이라 나에게 전화나 할까 하던 참이란다.

"넌 나하고 출장 가는 것도 졸린 것도 비슷하고, 텔레파시도 통하는 구나!" 하며 둘이 웃었다. 한 번의 호탕한 웃음에 잠이 까마득히 달아났다.

그러면서 JD가 며칠 전에 있었던 이야기를 들려주었다. 지난 15일이 자신의 20주년 결혼기념일이었다고 했다. JD는 결혼기념일이 되면 아내에게 꼭 선물을 하나씩 했다고 한다. 올해는 무엇을 할까 고민하던 차에 진주목걸이를 하기로 맘먹었단다. JD는 어려운 시절에 이미테이션 진주목걸이를 선물한 적이 있었는데, 아내에게 미안해서 거짓 없이 이미테이션이라고 말했다고 한다.

그래서 아내에게 이번 기회에 진짜 진주목걸이를 선물하겠다고 했더니 단호히 거절하더란다. 그 어렵던 시절 JD가 아내에게 선물한 이미테이션 진주목걸이와 액세서리는 진짜와 다름없는 값진 선물이었다면서. JD와 그의 아내는 그렇게 사는 천생연분이다.

JD는 5년 정도 무역회사에 다니다 자기가 하고 싶은 일을 해야겠다며 안정된 직장을 과감하게 떨치고 나와 사업을 시작한 친구였다. 사업을 시작하면서 5~6년은 무척 고생했다. 다행히 벌어놓은 재산을 다 털어먹고 기진맥진할 즈음, 그동안 노력하였던 일들이 서서히 움트기 시작했다.

JD는 피눈물도 많이 흘렸고 나를 비롯한 친구들에게도 그 어려운 처지를 보이기 싫어 소식을 끊고 살았다. 그의 아내 또한 남편이 고생하는 모습을 보면서 남편 이상의 고통스런 나날을 보냈을 것이 뻔하다. 남편이 그 고생을 할 때 남매를 두었으니 그의 아내의 마음고생이 어떠했을까?

사업이 서서히 풀리면서 우선 식생활 걱정이 없어지고 사업을 확장하려고 하던 차에 JD는 또 하나의 커다란 난관에 부딪치게 되었다. 이른바 IMF 사태를 만난 것이다. 그 여파로 크고 작은 부도를 맞게 되어 쪽박을 찰 정도로 다시 어려운 지경에 이르게 되었다. 그래도 IMF 때의 고생은 일시적이었고, 사업 시작할 때보다는 경험이 있어서인지 더욱 열심히 일하여 그 어려운 상황을 2~3년 만에 극복하였다.

그러한 과정을 전해 들어 알고 있었던 나는 친구가 나와 너무나 흡사한 길을 걸어 더욱 관심이 가고 친밀감을 느꼈던 것 같다.

앞서의 이야기로 돌아가서 JD는 이번 결혼기념일에 아내의 선물을 결국 준비하지 못했다고 한다. 그러면서 한편으로는 은근히 억울한 생각이 치밀더란다. "왜 해마다 결혼기념일 선물 때문에 남편이 고민을 해야 하나? 같이 결혼한 것인데" 하며 투정 아닌 투정을 해댔다.

나 역시 그 투정에 동조하다가 "그래도 생각해 봐! 좋은 음식, 수많은 뒷바라지, 너만큼 부인이 잘하는 친구가 어디 있어? 나름 대단한 선물을 받았으면서 그러네?" 하고 핀잔을 주었다.

그런데 며칠 전 JD의 아들한테 전화가 왔단다. "아빠, 메일을 보냈으니 이 메일 내용 그대로 해보세요" 하며.

메일을 보니 무슨 스파이한테 지령을 내리듯이 "부모님 20주년 결혼기념을 축하드립니다" 하면서 세 가지 지령을 내렸다고 한다. 첫번 째는 '저녁 일곱 시까지 교보빌딩 2층에 있는 레스토랑으로 갈 것', 두 번째는 '8시 20분에 레스토랑을 나와서 시청 쪽으로 향하여 정동을 지나 삼성병원 쪽으로 갈 것', 세 번째는 '정동에 있는 XX극장에 9시까지 갈 것'.

이들 부부는 아들의 지령을 따르기로 하고 저녁 여섯 시에 집을 나서 전철을 타고 광화문으로 향했는데, 딸이 부모님에게 극장표 두 장과 편지를 주더란다. 아내가 전철 안에서 편지를 보여주는데, 구구절절이 부모님께 눈물 어린 감사와 아직 학생이라 극장표 두 장밖에 장만 못했으니 용서하시고 이해해 달라는 내용이었다.

일곱 시에 레스토랑에 다다르니 웨이터가 "K씨 부모님 되시죠?" 하며 깊숙한 장소로 모시더니 "아드님이 부모님 결혼기념일이라 메뉴를 선정해 놓고 '잘 부탁한다'고 주문을 해놓으셨습니다" 하더란다.

메뉴를 대령하면서 특별한 포도주를 곁들여 서비스도 받았다고 했다. 그의 아내는 음식을 들면서 "그놈이! 그놈이!" 하며 감격했다고 한다. 음식 값이 아들의 능력에 비해 상당히 비싼 것이었기 때문이다. 이제 대학생인 아들이 이십만 원에 가까운 거금(?)을 들여 부모님 식사를 대접하였으니 소박하고 검소한 그의 아내 입에서 그런 소리가 나올 수밖에…. 그의 아들은 몇 달 용돈을 동생과 같이 모아 두었다가 거금을 쓴 것이라고 했다.

음식을 들고 나서 그의 아내는 미리 준비해 두었던 편지를 남편에게 건네주었는데, 편지 내용 중에 '살면 살수록 정이 드는 남자'라는 대목이 나왔을 때에는 눈물이 핑 돌더란다. 그리고 많은 사랑의 표현을 했다고 한다. 어떻게 하였는지는 모르지만 말이다.

식사를 마치고 부부는 나와서 시청 쪽으로 손을 맞잡고 실로 오랜만에 데이트를 했는데, 마침 연말이라 시청 앞의 크리스마스 트리가 그들을 환영해 주더란다. 또 덕수궁 앞부터 정동극장 앞까지 휘황찬란하게 반짝이는 불빛들이 그들을 황홀하게 축하해 주었다고 한다. 마침 길거리는 한적하여 다정한 데이트를 했다나?

그리고 아홉 시에 정동에 있는 XX극장에 가서 〈브리짓 존스의 일기〉를 보았다고 한다. 그러면서 하는 말. "친구야, 이젠 결혼기념일에 우리 자식들에게 대접받게 되었다."

'그래 너 잘났다. 넌 복도 많다' 속으로 쿵얼쿵얼대다가 이내 마음을 고쳐먹고 "그래, 넌 참 행복한 놈이다. 처복에 자식복까지 있으니 뭐가 더 부러우랴?" 하고 부추겨 주었다. 그러자 JD는 한 술 더 떠서 "술도 좀 줄이고 일을 더 열심히 해야겠어! 책임감이 더 커지는걸!" 하는 것이었다. 그러면서 "친구야 넌 어떠냐?" 묻는다.

윽! 이런 제기랄, 저만 좋으면 되었지 왜 나한테 묻는담?

사실 나도 곧 결혼기념일이 다가오는데 내 처지가 어떻게 될지 모르겠다. 이 이야기를 아이들한테 하면 엎드려 절 받기 식이 되어 버릴 테니 말할 수도 없고, 은근히 그 친구가 부러웠고 듣지 않음만 못했다.

나도 은근히 그런 대접을 받고 싶은 걸까? 그런 마음이 있다면 이게 나이 들어 가는 증세가 아닌가 하고 쓸쓸한 웃음을 흘린다. 자식들에게 받는 대접도 한두 번, 그래도 부부가 서로 사랑하면서 주고받는 대접이 가장 부담 없고 진실한 것이 아니겠는가? 자식이 부모를 위해 이렇게 준비했다면 얼마나 마음을 썼을까. 시간과 노력, 돈 그러한 것들이 신세를 진다는 생각이 나로서는 앞선다. 부모로서 그렇게 생각하면 안 되는 것인가?

---

* 이 이야기는 50대가 되면서 아들에게 생일 축하를 처음 뜻있게 선물 받았던 것을 글로 쓰기에 겸연쩍어 제3자의 일처럼 꾸민 것이다.

믿음 생활
/\\\////\\\\////\\\\///

저는 전통적인 가정에서 태어났습니다.
기독교인이 되었지만 정말이지 나일론 신자입니다.
믿음 생활 하면서 부끄러운 일이 말로 다 할 수 없이 많기도 합니다.
하지만 늘 죄를 짓고 산다고 해도
죄를 짓지 않으려고 노력도 하지 않는다면
더욱 죄 많고 험악한 삶이 되겠지요.
이 글들은 믿음 생활을 하면서 느끼고 체험한 것입니다.
분명한 것은 유일신 하나님을 믿는다는 것과
예수님께서 가르쳐 주신 사랑을 실천하려 노력한다는 것입니다.
같이 예수 믿고 같이 사랑하면 좋겠습니다.

내가 목사님을 좋아하는 이유

/

짝 친구라는 말이 있는지 모르지만
나는 우리 목사님과 짝 친구 합니다.

사람이 사람을 좋아하는 것은 당연합니다.

그래도 특별히 좋아하는 이유가 있습니다.

우리 목사님은 하나님의 사랑을 받는 목사님이기 때문입니다.

그래서 그런지 하나님의 은혜와 사랑이 충만함을 느낍니다.

누구를 가리지 않고 공의로움이 예수님을 많이 닮았습니다.

인간적인 마음을 가지고 세상일처럼 만사를 쉽게 해결하는 것이 아
니고 하나님의 입장에서 묻고 해결합니다.

때로는 아이같이 눈물도 흘립니다.

친구들에게 밥도 잘 사줍니다.

평소에 겸손하고 순진하기도 합니다.

그러나 하나님의 일을 할 때에는 너무도 당당하고 당찹니다.

믿음 생활
●
139

하나님의 일을 꼭 해야 하는 성실한 그런 친구입니다.

설교할 때나 성경을 가르칠 때 정말 이해도 잘 되고 은혜가 풀풀 넘치게 잘 하십니다.

하나님은 특별히 친구와의 인연도 우리에게 주신 것 같습니다.

살아가면서 새로운 매력이 자꾸만 쏟아져 나오는 착한 친구입니다.

목사님도 우리로부터 매력을 자꾸 찾는 것 같습니다.

그러나 서로 친구이면서 조심스러워서, 친구라 못 부르는 그런 친구 사이입니다.

삶의 기쁨

/

몇몇 사람은 알고 있지만 나는 결혼하고 나서 교회를 다니기 시작했다. 사실 유치원부터 초등학교를 빼고 중·고등학교와 대학교에서도 채플 시간이 있어 예수님을 접할 시간은 늘 있었지만, 그것은 어쩔 수 없는 환경적 상황이었다.

참으로 한심하게도 예수님을 믿는다면서 어떤 행태를 보이며 교회를 다녔는지 알 수 없을 만큼 과거 나의 믿음은 보잘것없었고 습관적이었던 것 같다. 그러면서도 감사한 것은 주일이 되면 거의 빠짐없이 교회를 갔던 것은 그래도 하나님께서 나를 사랑해 주시어서 나를 교회로 인도하였기 때문인 것 같다.

초등학교 때, 정확히 몇 학년이었는지는 모르겠으나 5학년 아니면 6학년이었을 것이다. 담임선생님께서 질문을 하셨다.

"밑 빠진 콩나물 시루에 물을 주면 그 물이 밑으로 다 빠져 버리지만 콩나물은 자란다. 왜 그럴까?"

그때 나는 "사람은 먹고 싸면 키가 큽니다"라고 생리적인 대답을 했다. 순간 교실은 웃음바다가 되었다. 그 대답도 맞는 답이긴 하겠지만 선생님 질문의 포인트는 생리적인 문제보다 정신적 성장과 학습 발전에 있었다.

"너희들이 이렇게 배우고 자꾸 잊어버리는 것 같으나 자꾸 반복하고 잠깐 스쳐가다 보면 너희들 자신도 모르게 성장한다."

당시 그 말씀이 어느 정도 이해가 되긴 하였지만, 한편으로는 나의 대답이 선생님 질문의 요지와 차이가 나서 부끄러웠다. 그러한 상황이 자극을 주어 지금도 기억하고 있는지 모르겠다.

비록 내가 엉성하게 교회를 다니긴 했지만, 밑 빠진 시루 안의 콩이 콩나물로 자란 것처럼 어느 정도 믿음의 기초가 되었음을 부인할 수 없고, 믿음도 서서히 자라났던 것 같다. 그리고 몇 년 전부터는 나의 믿음이 좀 달라지고 있음을 스스로 느끼게 되었다.

이러한 사실을 알린다는 것이 교회를 안 다니고 예수님을 부정하는 사람들에게는 거리감을 줄지 모르겠다. 그렇다고 나 자신이 놀랄 만하게 성스러운 경지에 다다른 것도 아니다. 늘 죄 지으면서 살아가는 나이기 때문에 필요 이상의 편견은 버리고 그전과 같이 대해 주기 바란다.

세상을 이만큼 살다 보니 '어떤 삶이 행복한 것일까?', '성공한 인생이란 무엇일까?' 이런 문제들을 많이 생각하게 된다. 물론 기준을 어디에 두느냐에 따라 달라질 수 있다. 황금만능주의가 기준이라면 돈 많고 부동산 많은 사람이 성공했다고 볼 수 있을 것이다. 나의 판단으로도 그러한 사람이 성공한 사람임에는 틀림없다. 또 그만큼 노력해서

부를 축적했으니 분명 그 성공을 축복해 주어야 한다. 문제는 그 부의 축적에 대하여 당사자가 만족하고 기쁨의 나날을 보내고 있느냐이다.

또한 어떤 사람은 배움을 추구하여 훌륭한 학자가 되었고, 또 어떤 사람은 나라의 관리가 되어 승승장구하여 고관이 되었다.

이러한 성공은 누구나 쉽게 할 수 없는 성공으로 축하를 해주고 축복을 받아야 할 일이다. 또 그러한 사람의 배우자가 된 것도 더불어 성공했다고 볼 수 있다.

그런데 한 가지가 또 있는 것 같다. 교회에서 나와 가깝게 지내는 집사가 있다. 서로 '집사님 집사님' 하고 부르는 사이지만 속으로는 '형님 아우님' 하며 지낼 정도로 아주 친숙한 관계이다. 하루는 그 아우가 나에게 간증을 했다. 사업에 실패해 알거지가 되다시피 했는데, 그 사실을 사랑하는 아내에게도 알리지 못했다고 한다. 길거리를 방황하다가 집에 돌아와 배가 고파서 아내가 준비해 둔 자기 딸의 간식을 몰래 꺼내 먹기도 했다고 한다. 하루는 고속도로 만남의 광장에서 우동을 사먹으려다 500원이 부족해서 사먹지 못한 적도 있다고 했다. 돈이 부족한 관계로 우동 대신 1200원을 주고 건빵을 사서 눈물을 흘리며 먹다가 불현듯 자기가 그나마 건빵을 먹고 있다는 사실을 알았다고 했다. 그래서 찬송가를 차 안에서 목이 터져라 불렀다고 한다. 그런데 그렇게 행복하더란다.

사실 나도 여러 번 경험했지만, 사람이 사람을 위로한다 하더라도 후련한 경우는 별로 없는 것 같다. 또 나의 속 깊은 마음을 토로할 사람이 세상에 그리 많지 않다. 비록 일심동체인 부부일지라도, 나의 깊은 마음을 털어놓으면 아내에게 근심과 걱정, 고통, 충격을 줄 것 같아 얘기 못 하는 경우가 허다하다.

그러나 하나님은 그 마음을 다 아시고, 나 또한 그것을 기도로 다 고할 수 있다. 답도 주시지만 정말로 내 마음을 후련하게 확 뚫어 주시는 경우가 많다. 그렇게 하나님은 믿는 자의 기도를 들어주시고 동행해 주신다. 하나님이 나와 함께 있음이 너무나 든든하고 기쁜 것이다.

보통 사람들은 부자가 되고, 고위 관리가 되고, 훌륭한 학자가 되고, 그러한 사람의 아내가 되기를 간절히 바라고, 또 그렇게 되는 것이 성공이라고 생각한다. 물론 그렇기는 하다. 그것이 세상살이다.

하지만 살면서 하나님의 사랑을 받는 사람, 하나님을 사랑하는 사람, 그리고 영원히 살아갈 수 있다는 보장을 받은 사람보다 성공한 사람이 누구일까?

사실 이러한 글을 친구들의 카페에 전부터 올리고 싶었다. 여러 번 망설였으나 '에이! 딱 한 번만 분위기를 깨자' 하고 두 눈 딱 감고 올렸다. 그것은 하나의 전도이다. 하나님의 나라를 나 혼자 가기에는 친구들에게 미안한 마음이 있기에 그들도 나와 같은 믿음의 길로 인도하기 위해서이다. 삶이 힘들고 고달프면 하나님께 의지해 보기를 권한다.

고난

자연이 생동하는 봄이다. 움츠렸던 마음과 몸을 쫙악 펴고 싶고, 희망에 부푸는 계절이기도 하다. 모두가 그러하면 좋으련만, 그럴 만한 마음과 힘이 없어 절망하는 사람들이 있다. 고난에 빠져 헤어나지 못하고 있는 사람이 그들이다.

세상 살아가면서 고난이 없는 사람이 있을까? 누구에게나 찾아오고, 경험하는 것이 고난이다. 단지 고난의 정도가 크냐 작으냐일 뿐, 그 고통은 누구에게나 괴로운 일이다.

나 역시 커다란 고난을 여러 차례 겪었다. 학업을 포기해야 했던 일, 장래의 희망을 위해 노력하다가 한순간 와르르 무너졌던 일, 낙방한 일, 가정 살림이 한없이 꺼져가던 일, 사랑하는 아이가 무척이나 자주 앓던 일, 어려운 사업을 지지리 오래 끌고 가던 일, 같이 사업을 시작했으나 의견이 다르고 결과가 안 나와서 서로 괴로워했던 일, 어쩌다가 큰 수주를 받았는데 부품 결함으로 이익은커녕 큰 손해를 입은 일, 몇 년 동안 알뜰하게 모았던 이익을 국가적 외환위기로 말미암아 외국 업체에 두 배 가까운 환율로 외상값을 치러야 했던 일, 막대한 자금을 들여 공사를 했는데 발주 업체가 부도 나서 고스란히 손해 본 일, 설계 미숙으로 인해 압력용기 제작에 미쳐 버릴 정도로 여러 차례 실패했던 일, 사랑하는 부모님과 큰형님을 잃은 일, 사회에서 만난 친구에게 큰 낭패를 당한 일, 같이 일하던 직원이 동종 회사를 차려 있지도 않은 루머로 모함 받은 일….

그러한 일들은 큰 고난이었고, 그 밖에도 작은 고난들이 엄청 많았음을 고백하지 않을 수 없다. 남들 보기엔 참 평탄한 인생이라 생각할지 모르지만 너무나 많은 고난을 받고 지금에 이른 것이며, 이러한 고난은 앞으로도 계속되리라는 것을 잘 알고 있다.

그러한 고난들은 대부분 혼자서 해결하였지만, 몇 년 전부터는 결코나 혼자 해결한 것이 아니라는 사실을 분명히 알게 되었다.

다른 종교에 대해서는 잘 모르지만, 어느 종교는 고난이 오면 업보라고 하는 것을 들은 적이 있다. 기독교에서는 고난에 대하여 여러 가지 말로 희망적인 위로를 주고 있다. 심지어 고난을 축복이라 하고, 우리에게 영광이라고 위로한다. 그 이유는 고난을 극복하면 더욱 강건해지고 새롭게 되기 때문이다. 그러한 성경의 말씀을 나는 그대로 믿으며, '과연 그렇구나!' 하고 한두 번 느낀 것이 아니다.

몇 년 전에는 고난을 이기며 세상을 헤쳐 나가는 것이 표현하기는 좀 그렇지만 재미가 있었다. 물론 헤쳐 나가는 일이 쉽지 않았고, 그 문제를 해결하기 위해 많은 기도를 했던 것도 사실이며, 현실적으로 그 문제를 해결하기 위해 부단한 노력을 하였다.

그렇게 되다 보니 심지어 내가 평안할 때에는 어떤 고난이 닥쳐오기를 은근히 바라기도 하였다. 지금도 나는 어떤 고난이 온다 할지라도 그리 두려워하지 않는다.

세상을 살아가면서 일부러 고난을 피하는 사람도 많이 있다. 피하여 다시 고난이 오지 않는다면 좋겠지만, 고난을 피하려다 더 큰 고난이 온다면 참 어리석은 일이다. 고난이 닥쳐올 경우 그것에 맞서 싸워 해결하는 것이 현명한 일이라고 생각한다. 그래야 원초적인 고난이 해결되기 때문이다.

세상의 낙심하는 사람들은 고난에 굴복하는 것이다. 사실 고난이 생각하는 것보다 약한 존재라는 것을 사람들은 모르고 있다. 내 자신이 좀 버티어 주면 그 고난은 의외로 쉽게 극복할 수 있다. 낙심하고 절망에 빠진 사람들은 그것을 잘 모르기 때문에 깊은 수렁에 빠지는 것이다.

봄이다! 생명이 움트고 있다. 생각 없는 자연도 움트고 활개를 치는데, 우리는 생각할 수 있고 활동할 수 있다. 또한 만물을 다스릴 수 있는 권한이 있고, 축복을 받을 수 있다.

이길 수 있다는 마음을 가진 사람이라면, 그러한 권한과 축복을 받는 게 당연하다는 것을 알아야 한다. 또한 그러한 고난이 계속된다는 것도 늘 염두에 두어야 할 것이다.

소금기둥이 된 아내

/

내가 믿음을 가진 사람이라고? 부끄러운 말이다. 어찌 그리 험악한 말을 했는지 후회스럽다.

구약의 창세기로 올라가면 아브라함의 조카 롯이 있다. 아브라함과 롯의 기업이 강성해지면서 둘은 갈라서게 되고, 롯은 요단 지역으로 가서 소돔에 자리를 잡게 된다.

그가 거주하는 소돔과 고모라, 그리고 몇몇 성은 부패하고 죄악에 물들어 하나님께서 그곳을 불로 치신다. 하나님은 그의 아내와 두 딸을 살리기 위해 그 성들을 불로 치실 때 뒤돌아보지 말라고 당부하신다. 그러나 롯의 아내는 자신이 살던 소돔성의 집을 생각하며 뒤돌아보다 하나님의 저주로 소금기둥이 되고 만다.

이 이야기를 접하면서 참으로 그럴 만하다는 생각이 들었다. 요즘이나 그 시대나 '인간의 마음, 특히 주부의 마음은 비슷하구나!' 하는 생각을 했다.

롯은 사건의 주인공으로, 그리고 하나님께 직접 명령을 들은 자로서 마땅히 하나님의 명령대로 뒤돌아보지 않고 하나님이 지시한 산 위로 올라간다. 두 딸을 생각해 볼 때 지금의 아이들처럼 당차고 뒷일 생각 안 하고 목표를 향해 나아가는 것도 충분히 이해가 간다.

뒤를 돌아보다 소금기둥이 된 롯의 아내. 그 또한 충분히 그럴 수 있다고 생각한다. 집안 살림을 도맡아 해왔는데 어찌 집에 대한 미련이 없겠는가? 믿음이 어느 정도 강할지라도 집이 불타고 있는데 어찌 뒤를 돌아보지 않겠는가? 백 번 천 번 충분히 이해가 되는 상황이다.

아내에게 커다란 말실수를 했다. 아내를 소금기둥으로 만들어 버렸으니…. 아내는 참으로 가정적인 여인이다. 집안살림 그렇게 열심히 하는 여인은 지금 이 세상에 그리 흔치 않을 것이다. 그 점에서는 존경심마저 들고 고맙게 생각하고 있다. 모두 나와 우리 가정을 위해 헌신하고 노력하는 것이기 때문이다.

그런 면에서 나는 분명 행복한 사람이고, 우리 아이들 또한 어머니에 대한 존경심을 갖고 있다는 것은 의심할 여지가 없다.

그런 아내의 생활습관 때문에, 어쩌면 완벽한 성격 때문에 처음에 나와 충돌도 잦았지만 지금은 내가 아내의 습성을 많이 닮기도 하고, 그러는 것을 충분히 이해하려고 한다.

나의 단점이자 장점은 비교적 시간을 잘 지키려 하는 것이어서 하던 일이 있더라도 그것을 멈추고 약속 시간에 맞추어 지정된 장소에 도착한다. 일종의 시간 스트레스를 갖고 있는 것이다.

아내는 내실을 기하기 위해, 비교적 빈틈을 보이지 않기 위해 그러는 것이지만, 나의 시간 약속은 외향적인 삶에서 나 자신을 그들에게 잘 보이기 위한 제스처에 불과한 것이다.

때문에 아내의 내적인 것과 나의 외향적인 것이 지금도 가끔 충돌하는데, 글쎄 그것이 언제까지 지속될지는 나도 모르고 아내도 모르고 또 쉽게 고쳐지는 문제도 아닌 것 같다.

특히 교회 갈 때 그런 일이 제일 많이 발생한다. 주일 아침과 수요일 저녁 일곱 시에 예배 보러 가는데, 주일 날은 참다 못해 이제는 모든 것 다 포기하고 내가 일찍 문을 나서기 때문에 더 이상 충돌하지 않는다. 수요일은 아내가 그림 공부를 하고 여섯 시쯤 집에 와서 부랴부랴 저녁밥을 준비한다. 나 또한 여섯 시까지 근무하고 부리나케 집에 오면 빨라야 여섯 시 반 정도다. 그 시간에 저녁 먹을 준비가 안 되어 있으면, 내 마음은 약간 비틀어져 있다. 내색을 하지는 않지만 아내는 나의 표정과 마음을 다 꿰뚫어보고 있다. 어쨌든 일곱 시 십 분 전에는 집에 나서야 교회에 무사히 도착하는데, 그것이 안 될 때에는 내 마음이 불편해져 폭발점에 점점 다다르게 된다.

하지만 아내는 좀 늦어도 모든 일을 깔끔히 정리하고 집을 나서야만 한다. 내가 도와주기도 하지만 늦어지면 나의 강박관념은 폭발하고 만다. 그럴 때 아내의 마음이 어떻겠는가?

두어 주 전의 일이다. 여느 때와 같이 서둘러 저녁을 먹고 치웠지만, 결국은 일곱 시쯤 집을 나서게 되었다. 이미 나의 마음은 극에 달해 있었다. 그럴 때 나는 참지 못하고 폭발해야 직성이 풀리는 성격이다. 집을 나서서 어느 정도 가다가 부글부글한 마음을 풀어야겠다고 생각하고 아내에게 불쑥 이렇게 말했다. "롯의 아내가 소금기둥이 된 것을 이해하겠어!" 그 정도로 했으면 충분하였건만 아직도 분이 덜 풀려서 한마디 더 하고 말았다. "당신, 롯의 부인이라면 벌써 소금기둥이 되어 버렸어!"

참으로 어이없게도 해괴망측한 말을 아내에게 한 것이다. 가뜩이나 늦어 아내는 나한테 미안해 죽을 맛인데, 송곳보다 더 아프게 찌르는 소리를 해버렸으니 말이다. 순간 '아차!' 싶었으나 이미 내 입술을 떠나 짧은 허공을 통해 아내의 귀로 들어가 버린 말이었다. 아내의 얼굴을 볼 수가 없어 눈을 교회 쪽으로 향하며 뻔뻔스럽게 발길을 재촉했다.

안수집사라는 양반이 성경에 있는 말로 아내의 가슴에 큰 상처를 주었으니 남편으로서, 교회 집사로서 할 말인가?

교회 안 다니는 사람도 그런 저주스런 말을 하지 않는데, 아내를 소금기둥으로 만들었으니 말이다. 많이 후회하였고 너무 미안한 마음이 들었다. 아내는 충격을 받고 멍하더니 기분 나쁜 것을 속으로 꾸욱 참으며 가던 길을 잠시 멈추고 숨을 몰아쉬고는 저만치 뒤따라 터벅터벅 무심한 남편을 뒤따르고 있었다.

늘 그렇게 살아온 아내이다. 언제쯤이나 나의 말버릇, 성격, 안 좋은 습관, 아내를 대하는 태도가 바뀔지. 세월이 흘러 다 약해졌을 때 나의 성격이 변할지 모르겠으나, 그것이 변한 것이 아니고 폭발시킬 기운이 없어 제풀에 포기하는 것이라면 그것 또한 문제인데….

진정한 마음으로 나 자신이 변하여 상대방을 이해할 수 있는, 그리고 여유롭게 바라볼 수 있는 그런 사랑스러움이 언제나 나타나려나?

인자하고 사랑스럽게 변한 모습을 나 자신도 보고 싶다. 그것을 위해 많이 노력하고 기도도 하고 있다.

우리 교회 시온 찬양대

/

우리 교회 찬양대는 모두 다 찬양을 아름답게, 은혜 충만하게 그리고 믿음 안에서 열심히 한다.

아침 7시에 나와서 한결같이 찬양하는 샤론 찬양대, 9시 예배에서 찬양하는 샬롬 찬양대, 가장 젊은이가 많고 화음을 잘 맞추는 11시 대예배의 호산나 찬양대, 오후 찬양 예배 때 지친 몸에도 불구하고 믿음으로 찬양하는 할렐루야 찬양대, 그리고 수요 예배 때 친양하는 시온 찬양대이다.

나름대로 모두 찬양을 잘하지만, 어느 찬양대가 제일 잘, 그리고 아름답게 찬양을 하는지 감히 평가해 보았다.

나 자신도 호산나 찬양대와 할렐루야 찬양대에서 나름 찬양을 열심히 하고 있어서 호산나 찬양대나 할렐루야 찬양대가 일등이라고 할 것 같지만, 절대 그렇지 않다. 내가 찬양을 가장 잘한다고 평가하는 찬양대는 단연코 시온 찬양대이다.

시온 찬양대는 평균 연령이 70세 정도인 아주 예쁜 권사님들로 구성되어 있다. 내가 일등 찬양대로 선정한 이유는 다음과 같다.

우선은 모두 예쁘고 귀여우시다. 찬양대에 서기 위해 다들 예쁘게 몸단장하고 찬양하신다. 그런데 호산나 찬양대처럼 화음이 잘 맞지 않고 네댓 분의 권사님은 음에서 이탈하기도 하신다. 그래서 때로 웃음을 자아내는데, 그 이탈한 음이 귀엽다. 그중 알토를 맡은 두 권사님의 목소리가 좀 크신데, 요즘 한 권사님이 몸이 불편하셔서 못 나오신다. 빨리 나오시면 좋겠다.

화음을 잘 맞추려고 노력을 하시지만, 사실 잘 맞추기가 어려울 것이다. 하지만 약간 세차게 흐르는 얕은 시냇물에 작은 돌들이 굴러가는 느낌이어서 불협화음 같지만 자글자글 정답고 아름답게 어울리는 그런 화음이다.

다음은 아주 열심인 찬양대이다. 언제나 찬양대를 꽉 채우시고, 불평 한마디 안 하고 찬양을 하신다. 두 시간 전에 나와 김밥 한 줄 드시면서 열심히 찬양을 하신다. 거의 빠지는 일 없이 당신들의 자리를 지키며 열심히 찬양을 하신다. 온힘을 다해 찬양을 하시고 감사한 마음으로 아주 흡족해하시며, 찬양 후 기쁜 얼굴로 자리에 앉아 하나님 말씀을 듣는다.

그리고 아주 힘찬 찬양대이다. 권사님들 연세도 있으신데, 있는 힘을 다해서 찬양을 하신다. 그러다 보니 몇 분이 찬양 도중에 음 이탈을 할 수밖에. 도중에 지치신 것 같으면 젊은 지휘자 선생이 노를 젓듯 힘내시라고 천천히 힘주어 지휘를 한다. 그런 지휘자를 잘 따라서 찬양을 하신다.

그렇게 화합을 잘 하면서 힘을 다해 찬양을 하니 하나님 보시기에 얼마나 흐뭇하고 기쁘실까.

마지막으로 지휘자 선생은 안도의 한숨을 내쉬며 겸연쩍은 듯 성도들에게 공손히 인사를 한다.

그 밖에도 시온 찬양대는 많은 장점을 갖고 있는데, 하나님을 찬양한다는 헌신과 봉사의 마음은 말할 것도 없고 자부심이 대단하다.

시온 찬양대 찬양이 끝나면 목사님은 다른 찬양대보다 칭찬을 더 해주신다. 그때 기뻐하시는 권사님들 얼굴을 보면 하나같이 해맑다. 그런 찬양대이니 어찌 우리 교회에서 일등 찬양대라 아니할 수 있겠는가?

모름지기 하나님은 공의로우신 분이지만 "하나님, 우리 교회에서 어느 찬양대가 제일 잘하는지요?" 하고 묻는다면 단연코 "시온 찬양대!"라고 말씀하실 것 같다.

"시온 찬양대 권사님들!
열심히 찬양하시고, 백세까지 건강하신 가운데 찬양하시고
더욱 예뻐지시고 귀여워지시기를 주님의 이름으로 축복합니다."

나는 꿈을 이룬 부자다

／

　　　　　　　　　　　　나는 꿈을 이룬 부자이다. 꿈을 이루고 부자가 된 것을 안 것은 한순간 성령의 가르치심 덕분이다.

　로또 복권이라도 당첨되었냐고? 천만에 말씀! 로또에 당첨되면 부자가 될 수 있겠지만 꿈을 이룰 수는 없다.

　나는 경기도 김포 대곶이란 곳에서 태어났다. 서울에서 40킬로미터 정도 떨어져 있는, 전적으로 농사에 의존해 살던 시골이었다. 꽤 넓은 벌판 건넛마을에는 저녁이 되면 굴뚝에 밥 짓는 연기가 모락모락 피어오르고, 동네가 어둠 속에 묻히면 포근히 잠들던 그런 마을이었다. 하루에 십여 차례 다니던 버스가 먼지를 몰고 달려와도 누구 한 사람 푸념하지 않고 누가 타고 내리는지 관심 있게 지켜보던 곳이었다.

　하지만 하늘에 비행기가 떠다니는 것에 대해서는 꽤 무감각했던 것 같다. 하루에 수십 대의 비행기가 우리 동네 위로 날아갔다. 조금씩 자라면서 그 비행기들이 김포공항에 내려앉는다는 것을 알게 되었다. 그 비행기를 올려다보며 아마도 나의 꿈은 피어나기 시작한 것 같다.

나의 꿈은 초등학교 고학년 때 구체적으로 세워졌는데, 하늘 위를 신비롭게 나는 비행기 조종사가 되는 것이었다. 그리고 그 꿈을 이루기 위한 가장 쉬운 방법이 공군사관학교를 가는 것이라는 걸 알게 되었다.

고등학생이 되면서 대학 진학의 목표를 공군사관학교에 두고 열심히 공부했다. 각오도 대단했고 나름대로 열심히 준비했다.

고등학교 3학년 10월 중순경, 꿈꾸어 왔던 목표를 이루기 위해 같은 반 친구 다섯 명하고 대방동에 있는 공군사관학교로 시험을 보러 갔다. 긴장은 되지만 희망에 부풀어 목표를 꼭 이루리라 마음먹었다.

필기고사를 보기 전에 우선 신체검사를 했다. 다른 문제는 없었지만 시력검사를 했는데, 이게 웬 날벼락인가! 그대로 탈락이라는 것이었다. 시력이 1.0 이하라니! 내 시력이 그렇게 나쁜 줄 몰랐다. 나는 너무나 낙담해서 터덜터덜 고향으로 내려왔다.

그 이후 나의 생활은 희망을 잃어버린 터라 그리 바람직한 모습은 아니었던 것 같다. 공군사관학교를 가지 못하게 된 데다 욕심이 지나쳤던지 설상가상으로 지원했던 대학도 낙방했다.

진로를 잃어버린 탓에 2년 동안 방황하면서 농사를 지었다. 모내기부터 추수까지 농촌에서 하는 일을 모두 해보았다. 그런 힘든 생활을 하려니 매사 불평과 불만투성이였다. 그 불만 불평을 부모님한테 다 보였으니, 얼마나 부모님이 안타까웠을까.

그런 와중에 당시 군대 다녀온 동네 형님들과 친해지면서 어린 나이에 술도 엄청 많이 마셨다. 그렇게 방황하던 어느 여름 날, 대학을 다니던 친구가 찾아왔다. 왜 그렇게 사느냐면서 공부 더 하는 것이 좋지 않겠냐고 말했다. 당시에는 그 소리가 고맙다기보다 자존심을 크게 건드렸던 것 같다. 그 친구를 보내고 엄청 많이 울었다. 희망도 진로도 잃은 나 자신이 서러웠던 것이다.

그다음 날부터 마음을 굳게 먹고 사랑방에 4개월 동안 쿡 틀어박혀 공부를 했다. 30와트 전구를 벗 삼아 죽어라 공부했다. 그때 우리 부모님 속이 무척 상하셨을 것이다. 그나마 농사짓던 놈이 방에 틀어박혀 일도 하지 않고 도를 닦고 있었으니 말이다. 어쨌든 그 결과 욕심 안 부리고 맘먹었던 대학교에 들어갔다.

졸업하고 무역회사에 들어갔다. 5년 동안 열심히 일한 후 엉엉 울면서 직장을 나왔다. 최선을 다해 너무나 열심히 일했기에 정이 들었던 것이다.

그리고 사업을 시작했다. 모아둔 돈이 부족하여 동업을 했다. 2년 동안 최선을 다했지만 결과가 전혀 없었다. 동업을 하던 사람도 지쳐서 떠났다. 나도 지치고, 아내도 지치고, 모두 너무 힘이 들었다. 그래도 거래할 회사를 찾아다니느라고 어느 지방, 어느 장소 다 외울 정도로 헤매고 다녔다.

하지만 좀처럼 효과가 나타나지 않았다. 얼굴에는 기미가 끼고 피골이 상접했다. 사업을 하는 게 그렇게 힘든 줄 정말 몰랐다. 그래도 피땀 흘리며 노력한 2년여의 세월이 아까워 포기할 수가 없었다. 나에게는 좀 독한 근성이 있기 때문이다.

몇 개월을 더 기진해 쓰러질 정도로 버텼다. 다행히 한두 회사에서 연락이 오기 시작했다. 그리고 3년째 접어들면서 서서히 영업이 되었다. 그동안 뿌린 씨가 싹을 틔우기 시작한 것이다. 4년째 접어들자 생활

할 수 있을 정도로 바빠져 직원도 두세 명 더 충원했다.

그러던 중 정유회사에서 큰 오더를 받고 또 중요한 정보도 얻어 미국 유수의 공급업체와 대리점 계약을 맺게 되었다. 게다가 그 미국 회사가 어떤 회사를 소개해 주어 몇 년 거래하다 보니 관련 업체를 더 알게 되어 항공유 급유 시설 및 관리 제품들을 모두 취급하게 되면서 국내 이 분야에서는 내로라하는 업체가 되었다. 이제는 일부 제품을 개발까지 하여 선진국에 수출도 하게 되었다.

오늘 교회 가서 찬양 연습을 마쳤을 때 아내가 내 배를 보더니 깜짝 놀라며 면박을 주었다.

"어머! 당신 그 배가 뭐예요?"

사실 나는 지금까지 살면서 가장 풍성한(?) 몸으로 다니고 있다. 그걸 집이 아닌 교회에서 아내에게 들킨 것이다. 다른 집사님과 권사님이 아내의 이야기를 듣고 웃었다.

그 말에 자극을 받고 저녁을 먹은 다음 옷을 주섬주섬 주워 입고 밖으로 나왔다. 두 달 정도 끊었던 운동을 다시 시작하기로 마음먹은 것이다. 어디로 갈까 잠시 고민하다가 '기왕이면 크고 넓은 데로 가자' 생각하고 보라매공원 쪽으로 발길을 옮겼다.

한 바퀴를 빠른 걸음으로 돌고는, 그냥 걷기가 싱거운 것 같아 기도를 하기 시작했다. 전에도 그러했지만 혼자 운동을 할 때는 주저리주저리 마음속에 있는 여러 가지 생각들을 끄집어내 하나님께 투정도 부리고 간구도 하고 감사도 드린다.

한참 기도를 하는데, 과거가 회상되며 갑자기 기쁨과 감사가 넘치기 시작했다. '고등학교 때 네 꿈이 사라진 곳이 이곳이었지? 그런데 지금 네가 이곳을 누리고 있구나! 네가 꿈꾸던 파일럿은 못 되었지만 지금 너는 파일럿들의 생명과 안전을 위해, 그리고 비행기를 타는 모든 승객들의 안전을 위해 파일럿보다 더 큰일을 하고 있지 않니?' 그런 성령의 깨우침을 받았던 것이다.

그러면서 '보너스다! 네가 어릴 적 꿈을 꾸던 그 터에서 마음껏 누릴 수 있도록 너에게 주노라!'며 보너스까지 주셨다. 마치 하나님께서 아브라함을 축복하시는 것 같은 느낌을 받았다. 보라매공원이면 엄청나게 비싸고 넓은 땅이 아닌가? 우리나라에서 이보다 좋은 공원이 몇 군데나 있을까? 그곳을 마음껏 뛰어다니며 누릴 수 있으니 말이다.

하나님을 깊이 알지 못했던 시절, 나의 꿈을 기억하시고 좌절했던 꿈을 더 큰 것으로 이루게 해주신 하나님의 특별한 은혜를 깨달았을 때는 그 감사함이 너무나 크고 기뻐서 마치 그 공원이 나만의 것으로 생각되었다. 그러니 어찌 내가 부자가 아니겠는가.

하나님께서 나와 동행하심을 너무나 잘 알고 있다. 말썽쟁이임에도 불구하고 나에게 부족한 것을 공급해 주시면서 가끔은 과분한 선물과 깨달음을 주신다. 나는 그 은혜로 매일 기쁘게 살아가고 있다.

믿음에 대하여

/

    누구나 믿음을, 아니 종교를 갖고 싶어 하지만, 인간의 판단으로 요모조모 살펴보고 판단하며 어떤 종교가 좋을지, 어떻게 믿어야 할지를 생각하거나 고민하는 것 같다.

    아무것도 모르고 사회를 구성한 극히 원시적인 사회일지라도, 인류의 역사를 통해서, 아니 선사시대부터 인간은 약한 존재라서 무엇인가에 의지하려 했던 것 같다. 그 존재가 바로 신이었다. 인간은 신에게서 많은 위안을 얻었고, 또한 의지하면서 삶을 영위해 왔다.

    하나님께서 천지를 창조하시고 온 우주를 운행하시며, 그 안에서 우리 인간이 하나님의 은혜로 살고 있고, 하나님의 아들이 아담과 이브로부터 내려오던 인간의 죄를 대속하시고 죄에서 해방시켜 우리 인간을 자유롭게 하고 부활하신 예수를 믿는 것이 기독교이다.

    그러한 사실을 알면서도 하나님을 거부하고 예수 그리스도를 부정하는 사람이 많이 있다. 다른 종교를 갖고 있어 하나님을 거부하는 것

일 수도 있다.

다른 한편으로 생각하면, 인간은 나름대로 영악한 동물로 상당히 우수한 두뇌와 판단력, 사고력 등을 갖고 있다. 그렇기 때문에 하나님이라는 위대한 신을 감히 자기 자신의 사고와 판단에 따라 부정하거나 거부하는 것이 아닌가 한다.

믿음이란 과학적으로 해석하거나 증명하는 것이 아님에도 불구하고, 믿지 않는 사람들은 과학적인 답이나 증명하여 결과를 도출해 내는 것을 원한다.

믿음은 바라는 것들의 실상이요 보지 못하는 것의 증거라고 히브리서에서 잘 설명하고 있음에도 불구하고, 사람들은 하나님의 존재와 예수님을 거부하는 것이다. 모두가 자기 판단에 따라서 말이다.

믿음은 그것을 깨야 한다. 그러나 깬다 할지라도 계속 의심이 생기게 마련이어서 한 가지 의심이 사라지면 또 다른 의심이 생긴다. 믿음이 부족한 나 역시 지속적으로 의심하고, 또 의심한다는 것을 솔직히 고백한다. 그렇기 때문에 그들이 그러는 것을 이해한다.

기독교는 성경이라는 하나님의 말씀을 가지고 있다. 다른 종교의 경전을 본 적이 없기에 그것을 완벽하다 모순된다 말할 수는 없지만, 성경을 보면 분명 이해가 안 가는 부분이 있다. 목사님이나 성경학자의 말로 쉽게 '그것은 그렇다'고 설명해 주었을 때, 갸우뚱하면서도 믿음이 좋은 척 '그렇군요!' 하며 미심쩍은 부분을 은근슬쩍 넘어가는 경우가 나 또한 있었으며, 다른 사람도 있었으리라고 생각한다.

그러나 글로 표현하기엔 인간의 능력으로는 한계가 있다. 표현을 아무리 잘한다 해도 부족한 점이 허다하다.

또 증거함에 있어서도 표현으로 증거하기에 부족한 점이 있을 수 있다. 과학적 접근 방법으로 가는 것은 학문이지 종교가 아니다. 그 미심쩍인 것을 믿는 것이 하나님을 믿는 것이 아닌가 한다.

우리는 하나님을 완전하게 알 수 없다. 그 하나님을 완전하게 안다면 나 또한 신이 아니겠는가?

부족하고 부족한, 미련하고 아둔한 존재가 인간이다. 그러한 존재가 감히 하나님을 판단하려 한다. 호기심이라기보다는 도전이다. 그것 자체가 어리석은 일 아니겠는가? 어쨌든 믿음은 그대로의 믿음인 것 같다.

신기한 일

/

    내가 이른 새벽에 기도한다는 것을 아는 조카 지나가 "삼촌, 우리 시누이 알렉스를 위해서 기도 좀 해주세요" 하고 부탁했다.

조카는 직장을 다니면서 언제 배웠는지 영어를 유창하게 하여 미국인 장교 대니와 사귀게 되었다. 대니 아버지가 한국을 방문하여 두 집안이 상견례한 다음, 형수도 결혼을 허락하여 두 사람은 행복한 가정을 이루어 살고 있다.

대니에게는 여동생 알렉스가 있는데, 알렉스는 상당한 미인으로 미식축구 선수였던 멋있는 남자와 결혼해 살고 있다고 한다. 그런데 몇해가 지나도록 임신이 안 된다면서 나보고 기도를 해달라는 것이었다.

기도에는 국경이 없고, 거리도 관계 없는지라 나는 흔쾌히 그러겠노라고 대답하고 다음 날 새벽부터 빠지지 않고 대니의 여동생 알렉스 부부를 위해 기도를 했다.

그동안 알렉스와 탐은 체외수정 등 많은 노력을 했으나 임신이 안 되었다. 아기를 사랑하는 그 젊은 부부는 입양을 하기로 결정하고 입양 신청을 했다고 한다.

그렇다고 기도를 멈출 수는 없었다. 응답이 있을 때까지 계속 기도하기로 마음먹었다. 그렇게 기도하며 몇 개월이 지난 어느 날, 조카한테 기쁜 소식이 왔다. 시누이 부부가 귀여운 아이를 입양하게 되었다는 것이다. 어쨌든 하나님은 그 부부에게 최소한의 응답을 하신 것이다.

입양하게 된 동기는 어린 학생들이 불장난을 하다 그만 임신하게 되었는데, 자신들이 키울 능력이 없자 입양을 원하는 사람에게 아이를 입양시키기로 했다는 것이다. 아기 이름은 브래디라고 지었으며, 아주 잘생기고 건강한 사내아이라고 했다.

내가 기도한 날수를 가만히 계산해 보니 9개월 정도 되었다. 아기가 임신해서 세상에 태어나는 기간과 비슷하다는 것을 알고는 '참, 우연한 일이다'라고 생각했다.

그래서 감사를 드렸다. "기도에 응답해 주셔서 대단히 감사합니다!"

그 후 약 6~7개월이 흘렀을 때 업무차 미국에 출장갔을 때 조카 지나의 시부모와 시누이가 살고 있는 디트로이트의 사돈집을 방문했다. 시어머니 카렌은 자신의 딸을 위해 기도해 줘서 매우 감사하다고 인사했다.

다음 날 아기를 꼭 봐야 한다며 시누이 알렉스의 집을 방문했다. 아기 브래디는 잠을 자고 있었다. 나는 반가워서 브래디를 안고 기도를 해야겠다는 생각을 했다. 신기하게도 안는 순간 브래디는 잠을 자면서도 해맑게 웃었다. 나는 "하나님, 이 아이를 이 가정에 보내주셔서 감사합니다. 이 아이를 축복하여 주시고 앞으로 살아가는 동안 하나님께 감사하면서 많은 사람들에게 영향력을 끼치는 사람이 될 수 있도록 은혜를 베풀어 주십시오"라고 기도를 했다. 기도를 마치자 아기가 깨어났다. 그리고 울음을 터뜨리더니 이내 다시 잠을 자는 것이었다. 어린 아기라서 잠을 많이 잔다는 것이었다.

그런가 했더니 그 뒤로 브래디가 잠에서 깨어나 있을 때에도 별로 웃지 않았다. 웃음이 거의 없는 아기였다.

나는 브래디에 대해서 생각했다. 아기를 위해 기도한 것이 약 9개월, 거의 웃지 않는다는 브래디가 나를 처음 본 순간 웃어 준 해맑은 미소…. 어찌 생각하면 별일 아닐 수 있지만, 나에게는 우연이 아니라는 생각이 들었다. 브래디의 웃음이 나에게는 천사의 웃음과 같았기 때문이다. 늘 기도해 주었던 것을 브래디는 알고 있었고, 마치 나를 전부터 알고 있는 것처럼 낯익은 사람 대하듯 웃음으로 맞이한 것 같은 느낌을 받았던 것이다.

이것이 우연한 일일까? 너무나 신기해서 나는 그 또한 나의 기도에 대한 하나님의 응답이라 생각하고 있다.

그 후 브래디는 남동생 브라이스를 보게 되었다. 시누이가 정상적으로 임신하여 건강한 사내아이를 낳은 것이다. 그 집은 행복하고, 이 순간에도 두 개구쟁이 때문에 굉장히 시끄러울 것 같다. "두 아이의 앞날에 하나님의 은혜와 축복이 항상 함께하시기를 기원합니다."

언젠가는 브래디를 볼 날이 있을 것이다. 그때가 궁금해진다.

* 그 뒤로도 알렉스 부부는 아기를 한 명 더 낳아 행복하게 잘 살고 있다.

믿음 생활
●
165

정말 이상한 일

/

교회에 새로운 목사님이 초빙되어 새로운 분위기로 교회를 다니기 시작하였다. 남전도회 회장 직분도 감당하게 되면서 믿음보다도 맡은 책임감에 대하여 비중을 갖고 교회 가는 것을 습관화했다.

그러다가 지역사회에 대한 봉사와 사랑을 베푸는 사업인 구제사업에 동참하게 되어 예수님께서 행하셨던, 그리고 분부하셨던 사랑을 교회를 통해 세상 사람들에게 나누면서 차츰 믿음의 생활에 익숙해지게 되었다.

말씀(성경)을 많이 보고 기도를 많이 해야 한다는 것을 알고는 이왕 믿음 생활을 시작했으니 성경을 제대로 한번 읽어 보자, 기도도 제대로 못하니 기도를 매일매일 하자고 결심했다. 어쨌든 이러한 믿음의 생활로 나의 생각과 신앙의 깊이는 아주 작지만 차츰 변하기 시작했다.

어느 날, 전부터 업무상 알고 있던 XX자동차 특장업무 부장이 전화를 하여 만나고 싶다고 하길래 방문했다.

그때까지 우리 회사는 항공기 급유차의 중요 부품을 일 년에 10대 정도 다른 업체에 공급하고 있었다. 그 업무와 다른 항공유 관계 업체 등에 제품을 판매하면서 5~6명의 직원이 큰 부담 없이 회사를 운영하고 있었다.

담당 부장은 다음 해에 진행될 업무에 대하여 설명하고는 항공유 급유차를 38대 만들 계획이 있으니 자기 회사와 협력하여 일을 추진하자고 제안했다. 실로 꿈도 꾸어 보지 못한 엄청난 프로젝트였다.

하지만 우리는 부품 공급자로서 그 회사뿐만 아니라 타사에도 동등하게 공급해야 하는 입장이라서 XX자동차에만 공급하겠다는 확답을 하지 않고 협조하겠노라고만 약속한 후 돌아왔다.

그렇다고 그 부품을 반드시 우리 회사만 공급할 수 있는 것은 아니었다. 한 회사를 제외한 미국 공급업체 세 곳은 국내 다른 회사하고도 가끔씩 연락을 주고받는다는 사실을 알고 있었다. 따라서 대리점인 우리가 그 업무를 맡게 된다는 것을 100% 확신할 수도 없고, 미국 내의 제3자를 통해 그러한 제품들이 공급될 수도 있었다.

어쨌든 나로서는 또 하나의 중대한 기도 제목이 생긴 것이다. 이 프로젝트의 제품 수주를 위해서 하나님께 졸라봐야겠다고 마음먹고 며칠 전부터 시작한 기도에 덧붙여 기도를 했다. 그리고 같이 공부하고 있는 동료들에게도 이러한 일이 있으니 기도해 달라고 부탁했다.

매일 새벽에 일어나 성경을 읽고, 30분씩 나 자신과 가족, 형제자매, 친척, 교회, 나라를 위해 기도를 했다. 그러한 기도를 하루도 빠짐없이 7~8개월 계속했다.

그러던 어느 날 XX자동차 측에서 전화로 통보가 왔다. XX자동차는 대기업이라 중소기업을 육성하는 국가 정책에 부합하지 않아 그 프로젝트에 참여할 수 없게 되었다는 것이다. 몇 개월 동안 서로 많은 정보와 자료를 주고받았는데 모든 것이 원점으로 돌아간 것이다. 대단히 실망했으나 그 프로젝트가 중단되진 않을 것이라는 판단이 들어 기도를 멈추어서는 안 된다고 생각하고 계속 기도했다.

몇 개월 후, 갑자기 여러 회사에서 동시다발적으로 전화가 걸려오기 시작했다. 내용인즉 XX자동차에서 추진하려던 프로젝트가 중소기업 체들로 이관되어 공개입찰을 하게 됐다는 것이다.

우리는 특장차를 만드는 업체가 아니기 때문에 입찰에 참여할 수는 없었다. 특장차를 만드는 중견업체가 참여했는데 차량 수가 많아서 최저가로 입찰한 두 업체에 물량을 나누어 1등을 한 업체에게는 22대, 2등을 한 업체에게는 16대를 발주하였다.

1등을 한 업체는 우리가 전부터 알고 있던 회사였다. 그 회사는 미국 업체로부터 직접 제품을 공급받으려고 했다. 크게 네 가지 부품 중 한 가지는 전혀 다른 업체로부터 공급받았으며, 역시 한 회사는 우리를 배제하고 그들에게 직접 제품을 공급했다. 어느 정도 예상했던 일이었다.

문제는 2등을 한 업체였다. 항공기 급유차에 대해 전혀 모르는 회사여서 처음부터 우리 회사에 가격 문의를 하고 모든 제품을 사용하겠으니 잘 부탁한다며, 모르는 것을 물어 가면서 일을 추진하고 있었다. 물론 제품 가격이나 제반 여건들은 타사와 동등하게 했다. 어쨌든 이 업체는 우리가 취급하는 제품을 100% 우리 회사를 통해 공급받겠다고 사전에 약속을 했다.

그런데 며칠 후. 2등을 한 업체에서 전화가 왔다.

"사장님 죄송합니다. 지난번에 약속드린 발주 건은 취소하겠습니다."

청천벽력과 같은 전화였다. 그런데 이상했다. 마음의 동요가 전혀 없었다. 오히려 평안하고 고요했다. 갑자기 기도를 해야겠다는 생각이 들었다. 두 손을 모아 마음을 가다듬고 기도를 했다.

"하나님, 저는 이 프로젝트를 위해 일 년 반 정도를 하루도 빼놓지 않고 하나님께 간구했습니다. 우리 믿음의 동역자들도 같이 기도했습니다. 저는 하나님을 믿습니다."

그런데 순간 이상한 형상을 보았다. 굉장히 부드러운 형상이었다. 이상하다는 생각을 잠시 하고 말았다.

기도하고 나서 얼마 후 2등을 한 회사 담당자에게 궁금하여 전화를 해보았다. 자신들이 항공유 급유차를 만들어 본 경험이 없는 터라, 충북 진천에 있는 업체 기술진이 모든 부품을 조달하고 기술도 제공해 제품을 완성하겠으니 그 업무를 자기들에게 맡겨 달라고 하여 그렇게 합의를 봤다는 것이었다. 그 업체는 입찰에 4~5등 정도 하여 탈락한 곳이었다.

그 내용을 알고도 나는 기도를 멈추지 않았다. 이상하게도 내 마음속에 불안감이나 수주를 못한 아쉬움, 분함이 전혀 없었다.

사실 나는 지기를 싫어하고 그러한 일이 있으면 분하여 잠을 못 이루는 불 같은 성격이다. 그것을 마음속으로 억누르며 내 자신을 통제 못 하는 강퍅한 성격의 소유자였다. 참으로 나 스스로 생각해도 이상한 일이었다.

사흘이 지났다. 그 업체로부터 전화가 다시 걸려 왔다.

"사장님 죄송합니다. 저희와 같이 일을 해주셔야 하겠습니다."

할렐루야~! 정말 기적과 같은 일이 벌어진 것이다. 고맙다 말하고 전화기를 내려놓고 기도했다. 그리고 다시 담당자에게 전화를 걸어 물었다.

"왜 다시 번복을 한 겁니까?"

담당자 얘기로는 진천의 업체와 계약을 하려고 하는데 C사와 D사에서 항의 전화가 빗발쳤다는 것이다. 특히 C사의 사장은 술에 취해서 온갖 막말을 해가며 자신의 사장과 진천 업체를 비방했고, D사의 사장도 진천 회사를 비난하며 그 회사에 발주해서는 안 된다고 항의했다는 것이다.

이러한 봉변을 당한 2등 업체 사장은 노발대발하며 "항공기 특장차 업체 시장이 왜 이 따위야!" 하며 "모든 계획 원래대로 돌려 진행하세요!" 하고 지시하고 밖으로 나갔다는 것이다.

그때서야 나는 알게 되었다. '아~ 하나님의 역사하심이 있으셔서 내 마음의 동요가 없었고 평안하였구나! 하나님은 성령으로 나를 안심시키셨구나!' 하나님의 역사하심을 직접 체험하게 된 것이다.

며칠 후 주일 날 교회에 가서 그간의 일들을 같이 기도하던 집사님에게 얘기했다. 그러자 "분명 하나님께서 역사하신 것이고 하나님께서 역사하실 때에는 고요함이 있어요!" 하는 것이었다.

하나님을 찬송하고 감사의 기도를 더 안 할 수가 없었다. 그 역사하심을 보고 너무나 기뻐서 내 마음은 정말 터질 것 같은 희열이 넘쳤다. 수주를 받은 것보다도 하나님께서 나와 같이하셨고, 나를 생각해 주셨다는 그것이 너무나 감사하고 기뻤던 것이다. 하나님을 경험한 나! 물론 맛보지 못한 큰 기쁨이었다. 무엇보다도 감사했던 것은 신앙에 대한 확신이었다.

그리고 또 며칠이 지났다. 생각지도 않게 D사 사장으로부터 똑같은 항공기 급유차 12대를 수주했으니 12대분 부품을 다 공급해 달라는 요청이 왔다. 아~! 하나님께서는 복에 복을 더해 주시는구나. 잃은 것을 보상까지 해주는 하나님이신 것이다. 1등을 한 업체에서 수주 못한 분량 이상을 하나님이 채워주신 것이다. 그러한 하나님을 어찌 믿지 않을 수 있을까.

지금도 나는 하나님이 동행하고 계심을 전혀 의심치 않는다. 확실하게 나에게 보여주셨고 역사하셨기 때문이다. 그리고 하나님은 우리가 간구한 것보다 그 형편을 보시고 더 큰 것, 더 많은 것을 주신다는 것을 알았다.

이 이야기를 친한 친구들에게 한 적이 있다. 대부분 신기한 듯 들었지만 마음이 아직 강퍅한 친구는 "야! 일하다 보면 그런 우연찮은 일 있을 수 있지 않냐?"그렇게 응답하기도 했다. 하지만 그 당사자 마음속에도 하나님의 커다란 역사하심에 이야기를 끝까지 들어 주었는데, 그 간증을 들으며 충격을 받았을 것이라 생각한다.

아직도 나는 많은 죄를 지으며 살고 있다. 죄를 짓는다고 하나님을 피할 수는 없다. 사람은 완전하지 못하므로 죄를 피할 수는 없다. 다만 하나님의 형상을 닮아 가기 위해 죄를 짓지 않으려고 노력하며, 죄를 지으면 회개의 기도를 하게 된다. 죄를 짓는다고 죄스러워서 하나님을 피하면 안 된다. 더 큰 죄를 짓게 되기 때문이다.

아직도 나는 매일 새벽 일어나서 말씀을 보고 기도를 한다. 외국 출장을 가더라도 말씀을 보고 기도를 한다. 12년 동안 그 일은 하루도 빠짐이 없이 이루어지고 있다,

"왜냐구요? 하나님은 매일 나를 기다리십니다. 그리고 나의 모든 것의 원천이십니다. 그러니 저는 멈출 수가 없습니다."

가족과 가정

\\\///\\\////\\\////\\\////\\\///

이 장에서는 아버지로서, 부모로서,
자식으로서, 남편으로서 생각했던 것, 느꼈던 것,
해야 할 일 등을 모아 보았습니다.
완벽한 사람이 못 되는지라 남편·아버지·가장으로서
부족한 점이 너무나 많습니다.
그럼에도 불구하고 끊임없이 노력하는 것이
중요한 것 같습니다.
아주 오래된 몇몇 편지도 소개합니다.

아내에게 보낸 편지

채○○ 씨에게,

참 이렇게 정색을 하고 당신 이름을 불러 보니 좀 쑥스러운 감이 드네요. 뭐라 처음 시작해야 할지! 당신에게 보내는 편지가 10년 정도는 된 것 같은데 맞는지 모르겠네요. 가끔은 시로 당신을 표현한 적은 있는 것 같은데, 정말 이것은 나에게 익숙하지 않은 일인 것 같네요. 아무튼 이것도 아버지학교에 등록하고 하나님께서 주신 기회니 내 마음을 사랑하는 아내에게 잘 전하고 싶어요.

실로 그동안 우리 삶이 파란만장하였던 것인가? 아니면 평탄하였던가? 지금 와서 생각하면 내 자신은 그리 어려웠던 것은 아니었다고 생각해요. 그러나 당신은 무척 힘들었다고 생각이 돼요. 좋게 말하면 나는 더욱 힘들었던 일들이 있었다손 치더라도 낙망하지 않고 잘 버텼을 거라는 생각이 들어요.

잘은 모르지만 우리 형제들에게는 그러한 피가 흐르고 있는 것을 나는 느끼거든요. 이러한 것은 나의 입장에서 하는 얘기지만, 당신의 입장에서 본다면 참 무심한 남자였을 수도 있고, 아내 마음을 너무 몰라주는 남자이기도 하지요.

그런 아내에게 한마디 위로도 한 적이 없는 것 같고, 다독거려 준 적도 거의 없는 것 같아 정말 미안한 생각이 들어요.

내 인생에 가장 복 받고 은혜로운 일이 있어요. 그것은 남자들이 할수 있는 거짓말이기도 하지만 나는 거짓이 없는 진실한 마음으로 하는 말인데, 내가 당신을 만났다는 사실이오. 하나님은 나에게 너무 큰 복을 주신 거죠.

이런 말 하는 남자들 참 상투적인 것 같기도 하고 어쩜 바보 같은 말이기도 해요. 하지만 이 시간 곰곰이 다시 생각해도 그것은 사실이거든요 바보 같든 아니든.

당신을 만나고 교회 다니는 것을 습관화했지요. 믿음이 있든 없든간에, 그것은 현재 나로서 판단하기에는 대단히 중요한 일이었던 것 같아요. 그리고 그 귀한 아들과 딸을 하나님으로부터 선물로 받았으니 얼마나 큰 복인가요!

살아오면서 그리 풍족한 적이 한 번도 없었고, 여유로움이 없었죠? 참 그러한 것들이 당신에게 많이 미안하다는 생각이 들어요. 하지만 그랬었다면 우리 둘이 행복했을까? 꼭 그렇지만은 않았을 것이라고 생각해요. 다만 아쉬움은 있어요. 그렇게 못 해주어서…….

나이가 오십을 넘어서니까 마음이 많이 바뀌는 것 같아요. 어찌 보면 나의 믿음이 이전과 같지 않아 그런지 모르겠지만, 나 자신뿐만 아니라 당신을 비롯하여 주위가 하나 둘씩 보이기 시작하는 것 같아요. 세상이 나 혼자가 아니라는 생각이 들기 시작한 거죠.

우선 미흡하였던 당신에게 잘 해주고 싶은 마음, 아버지로서 정말 좋은 아버지가 되고 싶은 마음, 회사 대표로서 좋은 리더, 그리고 좋은 거래처의 대표, 형제자매로서 좋은 동생과 형 그리고 오빠, 사위로서 믿음직한 사위, 친구로서 좋은 친구가 되고 싶은 마음이 이전과는 다르게 책임을 동반하여 주위에 신경을 쓰게 되는 것을 느끼게 되었죠. 당신은 어떤지 모르겠네요.

분명한 것은 이러한 것들을 앞으로 참 잘 해나가야 할 것 같아요. 당신 부담 안 되게 슬기롭게 해야 할 텐데 말예요. 사실 당신을 제외한 주위 사람들에게 관심 갖는 것은 어쩌면 당신에게 그만큼 신경을 덜 쓸 수 있거든요. 하지만 최선을 다하려고 노력할게요. 무엇보다도 우선은 당신이니까.

이젠 앞으로 살아갈 얘기를 해볼게요. 결혼 전이나 아직까지 살아온 동안은 허황된 얘기나 약속이 많았지요. 하지만 이제는 더 책임감 있고 신중한 사람이 되고 싶어요. 약속할 것은 열심히 나의 일을 할 것이고, 당신과 가족을 위해 더욱 열심히 일하고 가정을 위해 섬기겠다는 마음을 갖고 최선을 다하는 삶을 살겠다는 것이오.

그리고 당신을 더욱 사랑하겠어요. 살면서 다툼이 어찌 없겠소마는 혹 다툼이 있다 하더라도 먼저 다가서는 내가 되겠어요. 당신의 마음속에 나의 마음이 살포시 겹쳐지도록, 나의 사랑을 얹을 수 있도록 마음만 열어놓으시구려. 그 마음속에 평생 나는 많은 작품을 만드는 작가가 될 테니까 말이에요.

아직 우리 인생에는 많은 날들이 남아 있지요. 그러한 날들이 정말 행복할 수 있도록, 우선 당신은 마음이 건강할 수 있도록 긍정적인 사고를 갖기를 바래요. 그리고 육체적으로 건강할 수 있도록 운동하되 무리한 운동 하지 말고, 특히 다리 조심해서 둘이 같이 운동도 자주 할 수 있도록 몸과 마음을 만들어 주길 바랍니다. 그것이 당신에 대한 나의 소망이죠.

참 오랜만의 편지라 감동을 줄 만한 편지가 못 된 것 같아요. 마음을 더욱 담아 보려 했지만 사랑 부족인지 필력 부족인지 이 정도입니다.

사랑해요!

2007년 5월 26일
당신의 남편 이정두 드림

나의 사랑에게

미안했어요!

편지를 받고 즉시, 아니 그전에 내가 편지를 올렸어야 하는데…….
이런 행동들이 지난 25년 동안 늘 해왔던 나의 태도였나 보네요! ㅎㅎㅎ
정말이지, 난 행복한 사람이란 것을 난 너무나 잘 알고 있어요.

세상에 태어나서 진정한 사랑을 보여주고, 남편을 위한 지독한 헌신
이 참 과분하다고 생각해요. 그러니 그 고마움이 사무쳐 나보다 행복한
사람이 별로 없을 것 같다는 생각 한두 번 한 것이 아니지요.

그러니 그런 말을 할 수밖에!

성격이 별로인 데다가, 이기적이고 오만함이 있음에도 그래도 잘 참
아주고 때로는 잘 달래주어서 이 시간까지 잘 견디어 왔어요. 한편으로
더 잘했어야 할 순간순간들이 너무 많았는데도 잘 표현하지 못하였고
그냥 지나쳤던 일들이 또한 미안한 생각을 하게 하네요. 이제까지 그랬
듯이 그런대로 이해해 주길 바래요.

그래도 우리는 감사한 것이, 너무나 훌륭한 작품을 만들어서, 난 그 것이 행복함을 더해 주고 감사함이 넘치거든요. 아들과 딸! 가만히 살 펴보면 너무나 훌륭한 점이 많은 아이들이란 것을 난 잘 알고 있어요.

그냥 무심한 것 같지만, 애들에게 무뚝뚝한 것 같지만, 그 훌륭한 점 들 가만히 흐뭇하게만 바라볼 뿐 아니라, 자랑하고 싶어 미칠 지경이 지요. 그 애들의 장점들이 그들의 것이라 칭찬 없이도 스스로 잘하리 라 생각하거든요.

나 역시 그렇게 살아왔고, 당신 알다시피 누구 도움 지나치게 안 받 고 살아왔잖아요, 당신의 도움 빼놓고 말예요. 무관심 속의 관심이 그 애들에게는 좋은 교육이 될 수도 있을 것이라고 생각해요.

그리고 당신은 아이들한테 너무 잘했어요. 마땅히 엄마로서 훌륭하 게 잘하여 왔고 아이들에게는 대단한 엄마였다는 것을 우리 아이들 똑 똑하니까 잘 알 거예요. 그런 점이 아이들에게는 커다란 힘이 되었고 믿음이 되었다는 것을 난 알고 있거든요. 이제는 우리 자식들이 컸고, 생각할 수도 있는 나이니까 서서히 떨어지는 연습도 해두기를 바래요. 당신의 시간이 앞으로 중요하니까.

사실 나는 당신에 대해서 지나친 간섭 안 하려고 하거든요. 당신은 당신의 자유가 필요해요! 당신 덕분에 나는 이제까지 많은 자유를 누 려 왔어요. 이제는 당신이 나보다 더 누리길 바래요. 젊은 시절 다 빼 앗아 먹고, 이제 와서 누리라니 ㅎㅎㅎ 그렇게 말해 놓고 미안하네요.

하지만 살아가는 것, 내세우면서 살지는 맙시다. 돈을 내세우지 말 고, 이름도 내세우지 말고, 높은 지위 어차피 아니니까 내세울 것 없어 요. 그러한 것들은 나한테 자연적인 것이고, 그런 것을 위해 욕심내기는 정말 싫어요. 나한테 어울리지 않는 것들이니까. 나의 위대함, 당신의 위대함은 이 순간 감사하면서 살고 성실하게 살아가는 것이니까요.

회사도 따지고 보면 내 것이 아닙니다. 우리 같이 일하는 모두의 것이고 우리 후손의 것이라 생각하며 살아가는 것이 당연하고 더욱 소중하게 생각이 들 것이라 생각합니다.

그렇게 살아가는 것이 행복 아닐까요?

"벌써 25년이 되었어?" (특별한 선물이 없어서 정말 미안하네요!)
"별로 안 된 것 같은데! 앞으로 얼마나 같이 살까?"

정말 알 수 없는 일이지요! 하지만 하루하루가 너무나 소중한 날들이라 그 하루하루를 아프지 않고, 화내지 않고, 감사하면서 소중히 아주 소중하게 보내도록 노력해야 할 것 같아요. 행복할 수 있도록 노력할게요. 나와 당신 사이에는 사랑이란 말이 필요없는 것 같아요. 당신은 '사'이고 나는 '랑'이니까!

* 2009년 12월 18일에 쓴 결혼기념일(12월 15일) 편지이다.

자랑스런 아들에게

나의 자랑스런 아들에게,

요즘 잘 지내고 있겠지?

아버지는 지금 뒤늦게 철 좀 들어 보려고 아버지학교에 매주 토요일 나가고 있단다. 아버지로서 여러 가지 부족함도 많고, 또 이제까지 잘못되었거나 알지 못하였던 부분을 채우고자 아버지학교에 지원하였단다.

그동안 돌이켜보건대, 참 멋없던 아버지였던 것 같다. 이 훈련이 끝나면 그리 빨리 변하겠느냐마는 변해야 된다는 생각에 자원하게 되었단다.

네가 군대 가기 전 집에서 예배를 볼 때 아버지는 너에게 그렇게 얘기한 기억이 남는다. 변한 모습의 좋은 아버지가 되겠다고 말이다. 그 약속을 지켜야 하니까 말이다. 사실 그 며칠 후에도 교회 간증 시간이 있어서 삼사백 명 앞에서 약속을 하였단다. 그 약속이 교회 여러분뿐만 아니라 하나님과의 약속이기도 하였거든.

아무튼 좀 더 이제는 너에 대한 관심과 과거의 권위만 내세우던 그런 아버지가 아닌 가까운 아버지가 되고 싶다. 너도 아버지를 어려워하지 말고 좀 더 가까이 오는 아들이 되었으면 좋겠다. 그리고 나도 남자고 너도 남자 아니니? 남자들은 통하는 것이 있어 여자와는 남다른 점이 있거든.

과거에 너를 서먹서먹하게 했던 것, 분노를 일으키게 하였던 것 다 잊고 새롭게 변하려는 아버지를 도와주었으면 한다.

지난번 내 생일 때 네가 보내준 편지는 나에게 일생일대의 가장 소중한 선물이었던 것 같다. 22년 동안 나의 아버지이셔서 감사하다는 그 말이 나를 크게 감동시켰다. 그렇게 아버지를 고맙게 생각하니 '참 나는 좋은 아들을 두었구나!' 하는 감동이 나를 감격시켰단다.

내 아들로 태어나 주고 내가 네 아버지임이 나는 정말 너무나 기쁘단다. 제발 아버지보다도 더 훌륭하고 커다란 꿈을 이루는 네가 되기를 바란다. 세상을 살아 보니까 꿈은 커야 되고 그 꿈을 향한 노력이 있을 때 그 꿈을 이룰 수 있다는 것을 배웠다. 또한 하나님은 그런 사람을 꼭 도와주신다는 것도 알았다. 꿈을 위해, 아니 모든 일에 최선을 다하는 우리 아들이 되었으면 한다.

청출어람(靑出於藍)이란 말이 있다. 이 말은 스승과 제자 사이에 사용하는 것이기도 하지만 과거 세대와 너희 세대를 일컬을 수도 있는 말이기도 하다. 중요한 과거였지만 너희는 모든 것이 더 나아지는 인생의 삶과 세대가 되기를 바란다. 모든 일에 최선을 다하고, 즐길 때는 멋있고 신나게 즐기도록 해라.

편지 내용을 보니 모두 아버지가 바라는 내용뿐이었구나.

가족과 가정
●

축복한다, 아들아! 하나님이 내려주시는 복을 무한히 받기를 바란다. 그리고 받은 복을 감사하게 여기고 나누면서 살거라.

- 너를 사랑하는 아버지로부터

* 지금으로부터 10여 년 전에 아들에게 보낸 편지이다.

아들이 사랑스러운 이유 20가지

/

하나님이 아들로 잘 양육하라고 맡기셨다.

심성이 착하고 남을 배려할 줄 안다.

잘생기고 멋지다.

잘 참고 인내할 줄 안다.

선한 방법으로 이끄는 리더십이 강하다.

말이나 글을 조리 있게 참 잘 표현한다.

머리가 우수하다.

친절하고 신사의 도를 안다.

친척들과 유대 관계를 잘하며 가문을 영광스럽게 생각한다.

꾸준한 성격으로 대기만성형 기질을 갖고 있다.

행동이 올바르고 정의롭다.

꼭 필요할 때 용기를 보여준다.

부모님 말씀에 순종한다.

검소하고 절약할 줄 안다.

창의력이 남다르게 뛰어나다.

책임감이 강하다.

주위를 청결하게 잘 정리한다.

성격이 꼼꼼하고 차분하다.

하나님을 경외하고 믿음이 건실하다.

사랑하는 딸에게

／

내가 너무 사랑하는 딸에게,

아빠가 네게 늘 하고 싶은 말이 있다. "사랑한다!"라는 말이란다. 그리고 네가 나의 딸이란 것이 가슴이 벅찰 정도로 너무나 기쁘고 자랑스럽다. 그렇기 때문에 아빠가 너를 많이 괴롭히는 것 같다. 관심이 지나치게 많아서 때로는 귀찮게 간섭을 하게 되는 것 같구나.

가끔은 그런 생각을 절실하게 한단다. 내가 너무 지나치게 간섭을 하는 것이 아닌가? 하고 말이다. 사실 그렇기도 하고 말이야. 되도록 빨리 그런 것에서 탈피를 해야 하지만 부모이기 때문에 어쩔 수 없다는 것을 이해해 주면 참 고맙겠구나.

너도 금년 들어 성년이 되었고, 무엇이든지 혼자 판단하고 결정할 수도 있는 나이가 되었다는 것도 아빠는 인정을 한단다. 그리고 그러한 것을 충분하게 인정하려고 노력한다.

가족이라는 것은 특수하며, 하나님이 내려주신 특별한 가장 작은 사회이다. 옛날 아빠가 어렸을 때에만 해도 아버지의 말씀 한마디로 모든 것이 결정되고, 또 그 말씀을 따라야 하였던 것이 우리의 가족이 었다. 그러한 가족이 이제는 많이 변하였지. 또 부모의 생각과 자식들의 사고방식도 많이 변하지 않았니?

그렇기 때문에 우리 아빠 세대는 참으로 혼란스러운 것이 사실이란다. 아버지 식대로 하면 이제는 빵점 아빠가 아니겠니? 너희들 식대로 따라가자니 아빠들은 너무 힘들거든. 그것을 너희들은 이해를 해야 한단다. 힘들어도 아빠들은 너희들 눈높이에 맞추려고 부단히 노력한다는 것을.

하지만 분명한 것은 너희들이 살아가면서 나태하거나 게으름을 피운다든지, 자기가 마땅히 하여야 할 일을 안 할 경우 그것을 보고 가만히 방관하는 것은 잘못된 부모라고 생각한다. 삶에 있어서 바른 길로 마땅히 가야 하는데 잘못하고 있다는 것을 이야기 안 하는 부모는 잘못된 부모라 생각한다. 부모는 권위를 지켜야 하는데 지나친 권위가 너희들을 경직시키지는 않을 거야. 왜냐하면 부모들은 다 겪어 봤고 그렇게 주눅이 들게 안 하거든.

아무튼 아빠는 기본적인 가족의 구성원으로 의무와 책임을 다하여 달라는 부탁을 하고 싶다. 그 외의 것은 모두 너의 것이니까 네 생각대로 마음껏 하고 싶은 대로 다 해보렴. 아빠는 그 외의, 네가 원하는 것은 적극적으로 다 도와주고 싶다. 왜냐하면 너는 나의 가장 소중한 딸이요, 나의 분신이기 때문이다. 또한 너는 우리 가정을 환하게 해주는 가장 아름다운 꽃이라는 것을 잊지 말기 바란다.

- 너를 사랑하는 아버지로부터

나는 꿈을 이룬 부자다

●

딸이 사랑스러운 이유 20가지

/

나의 딸이기 때문에

아빠를 은근히 좋아하고 사랑한다. (아빠는 그것을 느낀다).

마음이 참 착하다.

인내력이 강하다.

예쁘고 나름대로 귀여운 면이 있고 매력이 있다.

보이지 않는 강한 리더십이 있다.

겸손하고 수줍어할 줄 안다.

하나님을 경외하는 마음을 깊은 곳에 간직하고 있다.

친구들과 잘 사귀고 있으며 좋은 관계를 유지하고 있다.

용기가 있고 대담할 때가 있다.

대외적으로 해야 할 것은 한다.

예술적으로 표현력이 있다.

창의력이 있다.

고집이 있다. (좋은 방향으로 사용하면 더 사랑스럽겠다.)

늘 몸을 깨끗이 하고 단정하다.

눈썰미가 있어 한번 보면 잘한다.

빵과 케이크를 잘 만들고 요리도 참 잘한다.

가정의 특별한 기념일을 잘 챙긴다.

하나밖에 없는 딸이라서 더욱 사랑스럽다.

하나님께서 특별히 주신 딸이라 잘 양육하여야 하기 때문에.

아빠의 질투심

/

　　내 성격이 그리 다정다감하지 못해 어느 때부터 말하기를 두려워했다. 말을 함으로 인해 상대방의 마음에 어떤 영향을 줄까 염려하여 말하기가 겁난 시절도 있었다. 아마 고등학교를 졸업하고 방황하던 시절에 그러한 현상이 나타났던 것 같다. 주위 환경이 나를 만족시켜 주지 못하는 것에 불만이 쌓이고 쌓여서 그랬던 것 같다.

　　그러한 성격이 유지되다 보니 무뚝뚝하고 매력 없는 남자가 되었고 가정에서도 멋없는 남편, 다정다감하지 못한 아빠, 대화할 줄 모르는 아빠가 되어 버렸다. 거기에다 오이디푸스 콤플렉스를 가진 대표적 인물이라고나 할까.

　　아들이 태어나면서 분명 사랑하는 나의 아들이건만, 아내의 사랑이 나 아닌 아들에게 전이됨을 느꼈다. 또, 아내의 모성이 남다를 때 보이지 않는 질투심(?)이 은연중에 자라나게 된 것 같다. 한편으로는 내가 아들에게 베풀고 싶었던 사랑 표현이 아내가 보기엔 너무나 서툴고 거칠었던 것 같다. 이미 엄마한테 길들여진 아들한테 나는 아들의 생리에 맞지 않는 방법으로 사랑을 표현했기 때문일 것이다. 아들과 딸이 너무 귀여울 때에는 머리를 쿡 쥐어박거나 볼이나 팔뚝의 살을 꽉 깨무는 식이었으니. 이렇게 사랑을 표현하는 방법을 모르다 보니 아내나 자식들에게 왕따(?)를 당하여 외로운 존재가 되고 말았다. 가정에서 전통적으로 전해지던 된장 맛 나는 그러한 아버지가 되고 만 것이다.

어느 때부터 이런 아빠가 되지 말아야지, 하고 이제까지 부자지간에 벌어진 갭을 메워야 한다는 생각을 사실 많이 했--다. 특히 우리나라 교육제도가 이상한 방향으로 과열되면서 부모나 자식 모두가 고민하고 고생하면서 자식에 대한 지나친 간섭과 기대로 인하여 아들에게 미안한 생각을 갖고 있었던 참이었다. 또한 아들도 아빠에게 약속하였던 것을 못 지킨 것에 대하여 미안한 생각을 갖고 있었던 것 같다. 자신이 노력을 안 한 죄스런 마음을 갖고 있는 것 같기도 했다.

같이 여행을 떠나라! 더 좋은 친구가 되기 위하여 친구들은 같이 여행을 하고, 더 좋은 부부가 되기 위하여 부부도 여행을 한다.

그런데 정말이지 난 아들하고 단 둘이 있었던 적이 별로 없었다. 그만큼 무심하였고, 가끔은 빼앗긴 사랑에 대하여 질투심과 시기심도 갖고 있던 정말 아빠답지 못한 아빠였다.

마침 미국으로 출장갈 기회가 있길래 방학이라 집에서 빈둥빈둥하고 있는 아들에게 말했다. "아빠 따라 같이 여행이나 갈래?"

"여권도 없고 비자도 없는데요." 갑자기 제안한 나의 특유한 버릇에 아내가 대신 대답했다.

번갯불에 콩 볶듯이 여권은 이틀 만에 손에 쥐게 되었으나 비자는 한 달 이상 걸릴 거라고 여행사 사장이 말했다. 못 먹는 감 찔러 보기라도 해봐야지 하고 서류 준비하여 접수시켰더니 3일 뒤에 인터뷰하라는 기적 같은 일이 일어났다. 누가 비자 신청했다가 취소를 했는데 마침 그 순간에 우리가 접수한 것 같았다. 오! 하나님 감사합니다.

같이 떠나면서 대화도 많이 하고 아빠가 하는 일을 보여주고 싶기도 했다. 또 다른 세상을 보여주고도 싶었다. 무엇보다 나의 바람은 부자지간에 돈독한 정을 쌓고, 그놈의 오이디푸스 콤플렉스를 떼어 버리고 싶다는 것이었다.

여행하는 8일 동안 많은 대화가 이루어질까? 실로 짧은 기간이다. 그래도 둘만 같이하는 시간인데 지금 이 상태보다는 낫겠지 하는 기대감을 갖고 떠났다. 하루 이틀 로스앤젤레스를 거쳐 아름다운 로키산맥의 도시 콜로라도 스프링스를 거쳐 시카고와 뉴욕에 도착했을 때는 많이 친해졌고 마음도 터놓는 그런 경지가 되었다.

휘황찬란한 브로드웨이 밤거리를 구경하고 돌아와 자면서 실로 오래간만에 아들을 품에 안아 보았다. 아들은 자연스럽게 내 품에 안겼다. 그러자 '진정 이놈이 내 아들이구나' 싶어 가슴이 뭉클해져 왔다.

아들은 아토피성 피부라 자면서도 습관적으로 가려워서 긁어댄다. 그 정도가 유난히 심하여 아내가 많은 걱정을 했고 좋다는 약 먹이고, 온갖 치료를 다해 봤지만 별 효과가 없었다. 그것도 나는 강 건너 불 보듯 별 관심을 안 가졌었다.

며칠을 같은 침대에서 지내다 보니 그 괴로움을 비로소 이해하게 되었다. 그동안 너무 무심했던 것이 미안했다. 나는 아들을 품에 끌어안고 진정으로 사과를 했다.

"아빠가 미안하구나. 아토피 걸리지 않고 건강하게 이 세상에 태어나게 했어야 하는데, 정말 미안하구나."

"아빠 탓이 아니잖아요. 아빠 고마워요, 이 세상에 태어나게 해주셔서!"

나는 감격에 겨워 잠시 할 말을 잃었다.

"그래도 정말 미안하구나."

다음 날 J. F. 케네디 공항에서 나는 한국으로 떠나고, 아들은 캐나다 토론토에 사는 친구를 만나러 가느라 이별하게 되었다. 내가 먼저 떠나고 여섯 시간 뒤에 아들이 비행기를 타게 되어 있었다. 잘 찾아갈지 몹시 걱정되어 사전에 연습시키고 한두 시간 담소한 뒤 그야말로 짧은 이별을 하게 되었다.

"You are my son, I love you!"

나는 아들을 끌어안고 나의 사랑을 전했다. 떠나는 셔틀 전차 안에서 흔들어 대는 그 손은 세 살 때 아빠가 출근할 때 흔들어대던, 너무나 사랑스러웠던 바로 그 고사리손이었다.

이국에서 헤어져야 하는 것이 왜 그리 슬프고 가슴이 에이는지! 잠시의 이별이지만 애처로운 마음이 들고 울컥 울음이 북받쳐 참기가 힘들었다. 하지만 내가 아버지인지라 강한 모습을 보여주어야 한다는 생각에 감정을 꾸욱 눌러 참았다. 그런 마음을 아는지 아들도 꾸욱 참는 것이 눈에 역력했다. 피의 연결, 보이지 않는 강력한 사랑을 느끼며 우리 부자는 간절한 마음으로 짧은 이별을 했다.

* 이 글은 2004년에 쓴 것이다.

믿는 마음

/

　　어제, 그러니까 금요일 새벽이었다. 늘 했던 것처럼 기도를 마치고, 신문을 읽고 TV를 켜니 아나운서가 뉴스 마무리 멘트를 하면서 "내일은 서태지 공연도 있죠?" 하더구나.

　　순간 너에 대한 생각이 뇌리를 스치더구나. 우리 딸이 서태지 팬이라는 것을 잘 알고 있단다. 지난번에 엄마 아빠의 반대에도 무릅쓰고 그 공연에 갔었잖니?

　　아빠의 마음은 그 순간 너와 서태지를 같이 묶어 버리고 말았단다. 마침 토요일 친한 친구가 유학을 간다는 이유로 그 친구 집에서 몇몇 친구들과 하룻밤을 같이 지내겠으니 허락하여 달라는 부탁을 엄마를 통해 들었기 때문이지. 나의 마음에 결정적인 의심이 생기고 만 것이다.

　　아침 기도를 잘하였건만, 나의 마음은 순간적으로 나쁜 생각으로 변했단다. 출근을 하면서 그 마음을 엄마한테 전염시켜 버리고 말았지.

　　엄마는 너를 믿기 때문에 그런 소리 말라면서 나에게 딸을 믿으라는 말로 대화를 끝냈단다.

공장을 다녀오면서, 나는 두 가지 생각을 하였단다. 하나는 우리 딸이 부모를 속이고 그 공연을 보러 간다는 것은 그 자신이 거짓말을 하게 되는 것이고, 부모가 원하지 않는 것을 보기 때문에 잘못된 길이라서 너와 부모가 모두 원하는 방법이 아니라는 것이다.

다른 하나는 차라리 네가 서태지 공연을 가겠다고 하면 솔직히 말한 것이니까 부모가 원하는 것이 아닐지라도 승낙을 해주어야겠다는 생각이었다.

하루 동안 나와 엄마는 그런 생각으로 많은 시간을 보내고 고민을 했다. 엄마는 계속해서 나에게 딸을 믿으라고 말하면서도 나의 충동에 못 이겨 여러 차례 너에게 꼬치꼬치 묻고 귀찮게 전화했단다.

이렇게 너에게 글을 남기는 것은 아빠의 마음이 잘못되었다는 것을 사과하기 위해서란다.

아빠 자랄 때에는 할머니에게 거짓말을 많이 했던 것 같다. 또한 네 엄마에게도 가끔 그랬단다. 지금은 엄마가 아빠 마음을 대부분 읽어 버리기 때문에 별로 할 수 없는 신세가 되어 버렸지만 말이다.

아무튼 네가 별로 거짓말 안 한다는 것을 나는 알고 있고, 엄마는 너를 전적으로 믿고 있다. 그런 점을 보면 아빠가 엄마보다 참 못됐다는 생각이 든다. 더 못되고 잘못된 것은, 아니 나쁜 것은 '의심하는 마음'을 갖고 있다는 것이다.

그런 나쁜 마음을 아빠가 너에게 가졌으니 참으로 미안한 생각이 들어서 이렇게 글을 통해 내 마음을 전해야겠다는 생각을 한 것이란다.

미안했다, MZ야! 다시는 너에 대해서 그런 생각을 안 가질게. 너에 대한 의심은 나 자신과 너, 그리고 하나님께 큰 죄를 짓는 일이라는 것을 잘 알고 있거든. 혹시 내가 이렇게 사과하는 것에 대해서, 아직도 나의 마음에 의심이 있어 교묘한 방법으로 너를 감동시켜 너를 변화시키려고 그러는 것이 아니니 진심으로 받아들여 주면 고맙겠다. 자식을 사랑하는 마음이 강하기 때문에 그런 잘못된 생각을 가졌고 방향이 잘못되었다는 것을 이해해 주면 고맙겠다.

너도 이제는 어엿한 숙녀가 되었고, 충분한 사고력을 가졌다는 것을 아빠는 너무나 잘 인식하고 있단다. 그러면서 한편으로는 자식이기에 어리다는 생각도 많이 한단다. 그러한 생각은 나뿐만 아니라 세상 부모들 모두 마찬가지라는 생각이 든다.

그러한 점은 너나 오빠는 부모의 마음을 이해해야 한다고 본다. 왜냐하면 자식을 사랑하는 마음에 그러는 것이니까. 또 너도 장차 자식을 가진 어머니가 될 테니까 말이다.

아빠는 오빠나 너에 대한 기대를 많이 갖고 있단다. 하지만 그 기대에 부담감을 지나치게 갖지는 말아라. 부담감이 크면 그로 인하여 너의 가고자 하는 방향을 제대로 못 가는 경우가 있으니까 말이다. 그냥, 흐뭇하게 지켜보고 있다고 생각하렴.

그리고 너희들이 컸기 때문에 기본적인 것을 빼고는 무리한 요구를 되도록 안 하려고 한단다. 기본적인 것들은 우리가 가족을 형성해 나가면서 그 가풍을 유지하는 우리 가족 특유의 프레임이기 때문에 아빠는 그것을 계속 주장할 것이다. 때문에 오빠나 너는 그것을 지켜주었으면 좋겠다.

그리고 앞으로 네가 출가를 하더라도 너희들은 너희들 나름대로 가풍을 유지하고 발전시켜 나가는 것이 굉장히 중요한 일이라 생각한다.

그 외의 것들은 너희들 몫이 아니겠니? 직업이라든지 세상일 대처하고 개척해 나가는 일들 모두 네가 스스로 해나갈 문제이기에 내가 크게 간섭할 수 없는 일이잖니? 도움을 부탁한다면 조언이나 충고, 기껏해야 인도하는 일이겠지.

정작 미안한 마음으로 글을 쓰기 시작했는데 거창하게 다른 방향으로 간 것 같구나.

하여간 나의 마음이 그랬었고, 그로 인하여 잠시 나의 마음이 괴로웠기에 너에게 사과를 해야 내 마음이 편할 것 같아 오랜만에 쓴 편지가 사과문이 되었구나.

정말 미안했다! 그리고 정말 아주 많이많이 너를 사랑한다!

- 아빠가

나는 꿈을 이룬 부자다

마음의 선물

/

        예수를 믿는 사람들은 사순절, 종려주일, 고난주간 그리고 부활절 이러한 날들을 3월부터 연이어 맞게 된다.

사순절이란 부활절 40일 전을 말하며, 예수께서 광야 40일 동안 금식하시며 마귀에게 시험을 받던 사건을 기억하며 속죄하는 기간을 말한다.

종려주일이란 예수께서 여러 곳을 다니시며 복음을 전하다 예루살렘 성으로 입성하게 되는데, 여행을 마쳐서 종려가 아니고 예루살렘 성으로 입성하실 때 백성들이 그를 환호하며 종려나무를 길에 깔아 맞이했다 하여 종려주일이라 한다.

고난주간은 예루살렘에 입성하시어 제자 유다에게 팔리고 유대인 대제사장을 비롯한 빌라도에게 고난을 받고 갈보리 산 위에서 십자가에 못박히신 날까지를 말한다. 부활절은 사흘 후 예수께서 부활, 즉 다시 살아나신 날을 말한다.

하고 싶은 얘기를 하려다 여러분이 참고로 알아야 할 것 같아 이러한 설명을 했다.

내 생일은 음력으로 하는데, 이러한 날들이 진행되는 기간에 꼭 걸려서 예수를 믿게 된 내가 생일이랍시고 남을 초대한다거나 그럴싸하게 차려먹기가 좀 어색하게 되었다. 그 기간은 좀 정숙하고 근신하며 지내야 하기 때문이다.

그렇다고 사실 나의 믿음이 대단히 좋아 엄숙하고 근신하며 성직자처럼 지키는 것도 아닌데, 좀 자제하는 마음이 몇 년 전부터 생기기 시작했다. 재작년에도 그러한 절기가 있었다. 음력 2월 생일날 간단하게 집에서 식구들과 저녁식사를 하고, 아들딸이 불러주는 'Happy birthday to you' 노래를 듣고 정성 어린 간단한 선물을 받고 그날도 싱겁게 지냈다. 그전에 아내가 사람들도 좀 초대하고 특별히 해줄 것이 없냐고 여러 차례 물었건만, 그냥 편하게 지내자고 묵살했다. 그러면서도 막상 지나쳐 버리니까 노망이 났는지 은근히 부아가 나는 것이었다.

그런데 어느 해인가 윤이월이 들었다. 한 달을 꾹 참다 아내를 불러 "집안 형제들, 사촌형님 내외 다 불러!" 하고 명령을 하였다. 윤이월이라 위에 언급한 기독교적 행사도 다 지난 터라 생일을 챙기고 싶었던 것이다. 생전 처음 형제자매와 친척들을 생일날 불러 대접하였다.

올해도 내 생일은 어김없이 고난주간 안에 끼여 있다. 내 나이 이팔청춘 열여섯 살 접어놓고 만으로 서른다섯 살인데 말이다. 당연히 생일을 조용히 보내게 되었다. 거기에다 억울하게 아침 금식도 해야 하니 말이다.

하지만 어제 너무나 감격적인 선물을 받았다.

예전에도 감격적인 생일 선물을 받았던 적이 있다. 20여 년 전 여동생이 구질구질하였던 내가 밉게 보였던지 "오빠 따라와!" 하며 신촌로터리에 있는 버킹검 양복점으로 데리고 가서 멋지고 비싸다 싶은 콤비 양복을 선물해 주었다. 어려운 처지에 여동생이 보여준 정성이 너무나 고마웠다.

그 후 결혼하여 매년 아내를 비롯하여 아들과 딸이 자그마한 선물을 꼭 챙겨 주기는 하지만 잠시 고마워하고 이내 잊어버린 것이 사실이다.

그런데 어제 퇴근하고 집에 오니 편지 한 통이 콘솔 위에 놓여 있었다. 이정두 귀하, 뒷면에는 '상병 C. K. Lee'라고 작지만 또렷하게 적혀 있었다.

속으로 '이놈이 인사치레하느라고 그러나 보다' 미리 짐작하고 편지를 읽다가 왈칵 눈물이 나서 아무도 없는 방으로 편지를 들고 쑥 들어갔다. 아내에게 눈물 흘리는 꼴을 보이기 싫은 자존심 때문에 말이다.

"아버지, 지난 22년 동안 제 아버지이셔서 감사합니다. 지금 제가 군 복무 잘하고 있는 것도 아버지의 관심과 기도 덕분입니다"라고 적힌 글을 보았을 때 울컥하며 뜨거운 감격을 느꼈다.

두 장의 편지지 중 앞장에는 곱게 말린 네잎클로버를 정성스럽게 붙였고, 뒷장에는 수놓은 상병 계급장을 붙여 보냈다.

사실 나는 아들에게 잘해준 것이 하나도 없었다. 내 맘과 욕심에 맞추려고 아들을 괴롭힌 일뿐이었다. 명령하였고, 윽박지르고 시킨 것뿐이었다. 그런데 그놈이 "제 아버지이셔서 감사합니다"라니! 미안하고 내가 못할 짓을 했다는 생각이 들었다. 그것도 죄스럽다는 생각이 들었다. 그러면서 22년 동안 아버지였는데 앞으로 얼마 동안 감사한 아버지로 있어야 하며, 또 있을 수 있을까? 그건 내 뜻이 아니요, 하나님의 뜻이구나! 22년보다는 훨씬 긴 세월이면 좋겠다는 생각이 들었다.

작년에 교회에서 많은 사람들 앞에서 신앙 간증을 할 기회가 있었다. 아들이 군에 입대하고 며칠 지난 뒤였다. 아빠로서 아들이 제대를 하면 변한 아빠가 되겠다고 간증을 하다가 그 말을 곁들인 것이 기억난다. 그 말을 하게 된 동기는 금년에 교회에서 하는 과정 중 아버지학교가 있는데, 그 과정을 꼭 이수하여 참다운 아버지가 되고자 맘먹었기 때문이다. 다음 달 5월에는 그 과정을 이수하기로 마음을 먹고 있다.

어쨌든 나는 올해 아직까지 받아보지 못했던 감격적인 마음의 선물을 받았다. 사실 이런 선물 받은 것을 자랑하고 싶기도 하다.

그런데 나를 키워 주신 어머니와 아버지가 계시다. 실제로 부모님한테 편지를 보낸 적이 있지만, 어머니나 아버지 앞에서 그런 말을 해 본 적은 없는 것 같다. 글로써 그렇게 감동적인 표현을 못해 드린 것 같다. 자식으로서 마땅히 그 정도의 감동을 드렸어야 했는데, 그렇게 못했으니 정말로 잘못한 것이다. 안타깝게도 그분들은 이미 안 계시다.

나는 그렇지만, 아직도 부모님 살아계신 친구들 보면 부럽기도 하고 부모님께 잘하는 것을 보면 존경스럽다. 살아계신 동안 감격을 드릴 수 있는 그런 자식들이기를 바란다.

또한 우리는 이미 자식들의 어머니, 아버지가 되었다. 우리 또한 자식들이 진정으로 감사할 수 있는 훌륭한 아버지, 어머니가 되도록 노력해야 하는 게 마땅한 것 같다. 훌륭한 부모는 훌륭한 아들딸을 만드니까 말이다.

아버지의 권세
- 아버지학교 1

아버지학교를 거의 마치게 되었다. 오늘은 아버지의 영적(靈的) 권세에 대하여 배운 대로 알리고자 한다.

첫째, 아버지는 축복권을 가지고 있다. 아버지로서 아내와 자식에게 축복을 할 수 있는 권리이다. 아내나 자식에게 손을 얹고 "여호와는 네게 은혜 베푸시기를 원하며 평강 주시기를 원하노라" 하고 축복할 수 있는 권한을 가지고 있다는 것이다. 그렇게 축복하면 실제로 자식과 아내는 축복을 받으며 자식들이 건전하게 자라난다. 기독교를 믿지 않는 사람일지라도 그러한 축복권이 있다.

이러한 축복권은 축복을 주는 동시에 신으로부터 자식과 아내를 보호받게 하는 능력과 돌보는 능력이 있다.

둘째, 아버지는 훈육권을 가지고 있다. 우리는 훈육이라 하면 엄하게 가르치는 것으로 생각하기 쉬우나 양육하고 잘 보육하여야 한다는 것이며, 감정 중심의 훈육이 되어서는 안 된다는 것이다. 인자하게 진리로 잘 훈육해야 한다.

지나치게 간섭하지 말고, 아들에게 완벽을 기대해서도 안 된다. 자식도 다른 사람과 마찬가지로 평범한 사람이기 때문이다. 그러는 당신을 생각하라. 완벽한가? 권위를 갖고 사랑으로 용서도 하고 바르게 훈육하는 아버지가 돼라. 친구 중에 선생님들이 있을 것이다. 선생님들도 이렇게 훈육하면 훌륭한 선생님이 틀림없을 것이다.

세 번째로는 말씀권이 있다. 아버지는 말씀대로 살아가는 모델이다. 자녀들 앞에서 사랑스런 모습으로 서 있어야 한다. "제가 아버지입니다" 그런 사명감을 갖고 성인(聖人 : 나는 예수라 말하고 싶다)의 모습으로 자식들에게 진리를 가르치고 영적인 부분을 잘 가르쳐야 한다. 그리고 대화를 잘해야 한다. 우리들, 특히 나는 아이들과 대화를 잘 못한다고 아내에게 수없이 핀잔을 들었다. 지금도 틈만 나면 듣고 있지만, 배워서 이제 그 방법을 조금 알게 되어 여러분에게 알려주려고 한다.

대화 방법은 크게 다섯 가지로 구분할 수 있다.

5등급은 대화할 때 반응이 없는 것이다. 말도 안 되는 내용으로 대답할 가치가 없는 대화이다. 예를 들어 남편이 직장에서 돌아와 "왔다", "밥 묵자", "자자" 이런 식으로 말하는 것이다.

4등급은 객관성이 없는 내용으로, 더 이상 대화가 진행되기 어려운 상태를 말한다. 예를 들어 아내가 머리를 노랗게 염색하고는 남편에게 자랑하고 싶어 "자기야, 나 어때?" 하고 물었더니 남편이 멋없게 "노랗게 물들였네!" 하고 답을 다 말해 버리는 것이다. 아내가 물어 본 의도는 무엇이었을까? 사실 머리를 해서 참 예쁘다는 말을 듣고 싶은 것이다. 나아가 더 많은 이야기를 하고 싶은 것이다. 그런데 "노랗게 물들였네!" 해버리면 더 이상 대화가 안 될 수밖에 없다. 마땅히 예쁘다는 표현을 해주어야 한다.

3등급은 자기 주장과 논리가 개입되는 대화로, 이 경우에는 긴장과 갈등이 고조되기 때문에 자기감정에 대한 감수가 필요하다. 또한 앞질러 판단하고 대화하기 때문에 언쟁이 생길 수 있다. 하지만 대화가 없던 사람들은 이러한 과정이 필요하다. 자기감정만 잘 감수하면 좋은 대화로 발전시킬 수 있다.

가령 아내가 밤늦게 들어왔다고 하자. 사실 아내는 남편의 보약을 한약방에서 달여 오느라고 집에 늦게 돌아왔다. 그런데 집에 오자마자 남편이 "여자가 밤늦게 뭣하러 쏘다녀?" 한다. 이유도 묻지 않고 싸돌아다녔다고 지레짐작하고 말해 버리는 대화 방법이다. 사실 이럴 때는 "왜 이렇게 늦었어요? 무슨 일 있었어요?" 물었어야 한다. 이때 아내는 감정을 죽이고 웃으며 "여보~ 다 당신을 위해서 보약 달여 오느라 좀 늦었어요. 미안해요!" 그래야 되는데 "당신 때문에 지긋지긋하게 약 달이는 것 기다리다 이제 왔네요. 뭐 잘못됐어요?" 그러면 곤란해진다.

다음 2등급은 상대방의 감정을 이해하는 것이다. 한약방에서 약을 달여 오느라고 늦게 왔을 때 늦게 온 사람의 입장에서 생각해 말하고, 또 늦게 온 사람은 기다리는 사람의 입장을 생각하며 대화하는 방법이다.

마지막으로 1등급은 상대방과 대화하면서 서로의 입장을 고려해 대화 도중 격려도 하고 다독거려 주면서 하는 것이다. 정말 사랑이 깃든 대화 방법이다. 그렇게 되면 상대방을 존경하게 되고 인격적 대우를 주고받는 참다운 대화가 이루어진다.

이 다섯 단계의 대화법에 내가 과연 어느 단계에 있는가를 판단해 보고 1등급 대화를 할 수 있도록 노력하기 바란다.

네 번째로는 신앙 전수권이 있다. 여러분은 모두 신앙을 가지고 있을 것이다. 아버지가 자식에게 무엇을 남길까? 재산일까, 아니면 지식일까? 어리석은 아버지는 자식에게 고기를 잡아 주고 죽는 반면, 지혜로운 아버지는 고기 잡는 법을 가르쳐 주고 세상을 떠난다고 한다. 그러나 세상을 이기는 힘은 신앙에서 나온다. 신앙을 유산으로 남겨주는 아버지는 세상을 이길 수도 있으며 신이 그의 인생을 돕는다. 여러분의 신앙이 무엇인지 다 알지 못하지만 참다운 신앙을 남겨주는 아버지가 최고의 아버지이다. 나도 예수그리스도를 아들딸이 믿도록 신앙의 본보기를 보여주고 있다.

이러한 권세는 누구나 다 알 수 있겠지만 생활에 적용하는 사람은 그리 많지 않은 것 같다. 나 또한 그렇다. 늦은 감이 있지만 실제 적용하면서 노력하여 모두 좋은 아버지가 되기를 바란다. 나 또한 노력할 것이다.

아침에 나갈 때는 아내나 자식을 부드럽게 안아 주고, 따뜻한 말 한마디씩 하자. 다른 것은 몰라도 결혼 후 출퇴근할 때 가벼운 입맞춤은 아내한테 늘 해왔다. 그런데 아들에게는 어쩌다 안아 주는 것조차 못한다. 참 바보이다. 아버지학교에서 배운 것이 정말 잘 안 되고 있다. 모두 참다운 권세가 있는 아버지가 되면 좋겠다.

우리는 어떤 아버지일까?

- 아버지학교 2

/

아버지는 왕이요, 전사요, 스승이요, 친구이다. 이것이 아버지의 네 가지 특성이라고 말할 수 있다.

그런데 왕은 어진 왕도 있지만, 잘못하면 폭군이 될 수도 있다. 전사(戰士)는 왕의 명령에 순종하고 적들을 맞아 목숨 걸고 싸우는 사람인데, 잘못하면 비겁자가 된다. 스승은 잘 가르쳐 주는 사람이지만, 삶을 통해 모범을 보여주지 못하면 위선자가 된다. 친구는 나와 같이 삶을 나누며 약속을 지키는 사람이지만 잘못하면 배신자가 된다.

이러한 것들이 남성의 무게를 지탱하는 요소들인데, 이것을 한마디로 줄인다면 '아버지'이다.

과연 우리는 어진 왕일까, 아니면 폭군일까? 또 부드러운 전사일까, 아니면 비겁자일까? 참된 스승일까, 아니면 위선자일까? 다정한 친구일까, 아니면 배신자일까? 과연 우리는 어떤 아버지일까?

남성을 상실해 폭군, 비겁자, 위선자, 배신자 등이 되는 이유가 있다고 한다.

체면 문화가 그렇다. 이것은 자신에게 솔직하지 못하는 수치를 낳는다. 일 문화가 그렇게 만들고 있다. 아버지는 가정을 유지하기 위해 일을 한다. 돈을 벌어야 하기 때문이다.

음주문화가 그렇다. 관계성을 위하여 술을 마셔야 하고, 직장 및 행사, 어떤 프로젝트가 있을 때 술 마시는 것이 당연시되고 있다. 못하면 바보 취급 하는 경우도 있는데, 이로 인해 건강을 잃고 가족 관계도 서서히 파괴된다.

성 문화가 있다. 술과도 관계 있지만 현재는 인터넷을 통해 만연해 있으며, 또한 노출되어 있다.

레저 문화가 또한 상실시키고 있다. 고스톱, 테니스, 골프, 낚시, 등산 등이 남성들만의 레저가 될 경우 스스로 남성을 격리시키게 된다. 이것은 부부나 가족이 공유해야 할 문화이다.

언어 폭력이나 육체적 폭력으로 자녀나 부인, 최근에는 남편의 인격이 파괴되고 있다. 또한 자녀가 가정을 편안하게 느끼지 못하는 것도 폭력이라 할 수 있다. 따뜻하게 대하는 것이 필요하며, 민감한 부분은 건드리지 말아야 한다.

또한 중독 문화가 있다. 사이버, 마약, 알코올 중독 등이 있는데, 이것은 쾌락과 충동회로가 부실하게 되었을 경우 중독이 된다고 한다. 이러한 것이 부실해지는 데는 부모의 책임이 크다. 지나치게 억압하고 수치심을 느끼게 하면 성 중독에 걸릴 수 있다고 한다. 자녀를 밝고 건강하게 키우는 것이 중요하다. 잘못된 것은 꾸짖되 용서해 주어야 한다. 가정이 따뜻한 안식처가 되도록 해야 한다. 이미 중독된 자는 자기관리를 할 수 있도록 종교의 도움을 받거나 아버지학교 같은 곳에서 교육을 받고 스태프로 봉사하면서 고쳐 나가는 것이 중요하다.

이러한 문화로 인하여 상실된 아버지의 남성을 회복해야 하는데 그 방법은 사랑을 회복하고, 순결을 회복하고, 지도력을 회복하는 것이다.

가정에서의 사랑의 회복은 가정의 우선순위를 잘 살펴보라는 것이다. 어느 가정은 부모, 자녀, 아내의 순서로 순위가 정해져 있는데 이것은 잘못된 것이라고 한다. 아내, 자녀, 그리고 부모 순서로 순위를 정해야 한다. 좋은 가정은 이러한 순위일지라도 부모님이 노엽게 생각하지 않으신다.

진실된 사랑은 친밀감, 열정, 책임감이 정삼각형의 형태를 이룰 때 이루어진다고 한다. 어느 한쪽으로 치우치지 않게 노력하라는 말이다.

친밀감은 눈과 눈을 마주하고 마음을 나누면서 대화하는 버릇을 가지라는 것이다.

열정은 식지 말아야 하며, 안 보면 보고 싶고, 보면 가슴이 벌렁벌렁 할 정도로 되어야 한다는 것이다. 부부간의 사랑도 진하게 해야 한다. 열정이 식었으면 자주 껴안아 주고, 스킨십을 많이 해야 하며, 남성이 여성의 마음을 잘 읽을 줄 알아야 한다. 여성은 분위기에 많이 좌우되기 때문이다.

책임감은 지킬 수 있는 약속은 꼭 지키고, 정욕을 바로 쓰며, 성결의 책임감을 제일 중요하게 생각하는 것이다. 그러면 모든 분야에서 책임감이 높아진다.

순결의 회복은 삶의 현장에서 성적으로 순결해야 하며, 신과 영적으로 순결한 관계를 맺어 세상의 속된 것으로부터 벗어나 거룩해지도록 해야 한다.

지도력을 회복해야 한다. 사자가 웃어도 토끼는 두려워한다는 말이 있다. 이것은 보이지 않는 지도력이다. 보스가 아닌 지도자가 되어야 한다. 꿈을 주고, 솔선하여 이끌어가고, 내가 아닌 우리로서, 자신의 약점을 고백하며 용서를 구할 줄 아는 그런 권위가 있는 지도력을 갖추라는 것이다.

이러한 것들을 잘 갖춘 분이 누구일까? 어떤 분이 이러한 것들을 잘 갖춘 분일까?

깨어 믿음에 굳게 서서 남자답게 강건하여라. 모든 일에 사랑으로 행하라.

두 번째 받은 아버지학교 교육 내용을 정리했다. 어렵지 않은가? 나를 생각해 보니 30%에도 못 미치는 것 같다. 부끄럽게 생각한다. 하지만 노력할 것이다.

위대한 아버지

/

아버지! 우리가 생각하는 아버지는 어떠하셨던가?

아버지에는 세 가지 부류가 있다고 한다. 나쁜 아버지, 좋은 아버지, 그리고 위대한 아버지이다. 그중에서 나는 어떤 아버지일까? 좋은 아버지 혹은 위대한 아버지이길 바란다. 행여 나쁜 아버지가 아니었으면 한다.

하지만 좋은 아버지는 위대한 아버지의 가장 큰 적이라 한다. 스스로 좋은 아버지라 판단한다면 위대한 아버지가 될 수 없기 때문이란다. 일리가 있는 말이다.

따라서 우리는 위대한 아버지가 되어야 하며, 설사 위대한 아버지가 아니더라도 위대한 아버지가 되기 위해 노력해야 하는데 그 위대한 아버지가 되기 위해서는 다음과 같은 조건이 되도록 노력하면 가능하다고 한다.

첫째, 자신이 아버지 됨을 가장 소중히 여겨라.

우리는 모두 결혼했는데, 결혼한 남성의 힘은 가정에서 나온다. 가정을 소중히 여기고, 내가 힘을 얻을 수 있도록 아버지 역할을 잘해야 한다. 자식들은 아버지가 어떤 아버지였는가를 반드시 기억한다고 한다. 우리 모두 아버지를 생각하면 기억이 또렷이 나는 것으로 봐서 맞는 말이다. 때문에 우리가 처신을 어떻게 해야 하겠는가? 나쁜 기억을 자식에게 남겨서 되겠는가?

둘째, 아버지의 마음을 가지라는 것이다.

아버지가 되는 것은 쉬운 일이지만, 아버지다운 아버지가 되는 것은 결코 쉬운 일이 아니다. 아버지는 자녀들이 세상을 살면서 피곤해할 때, 편안하게 쉬고 싶을 때 정말 포근한 안식처가 되어야 한다.

하지만 우리 대부분은 자식들에게 무서운 아버지, 잔소리하는 아버지, 비난하는 아버지이다. 그렇게 한다고 자식이 바로 가는 것은 절대로 아닌데도 그렇다. 부인하고 싶지만 부끄럽게도 나 또한 그런 아버지이다. 사랑하고 용서하고 용납하는 아버지가 자랑스러운 아버지이다. 결과도 중요하지만 아버지라면 행동의 동기를 보고 사랑과 용서, 관용을 베풀 줄 알아야 한다. 이러한 관용과 용서를 할 줄 아는 마음이 모두 어머니에게로 전이되었다고 한다. 충분히 공감이 가는 말이다. 아버지가 그러한 것들을 어머니에게 빼앗겼다는 것이다. 때문에 우리 아버지들은 아버지의 마음을 소유한 아버지가 되도록 결단하고 그 권리를 찾아야 한다.

셋째, 나의 아버지와의 관계를 회복하라는 것이다.

우리 주위의 친구들은 대부분 자신의 아버지에 대하여 나쁘게 얘기하는 경우가 거의 없다. 그러나 간혹 심각할 정도로 아버지를 경멸하고 미워하는 사람이 있다. 이것을 자신의 마음에 담아두어서는 안 된다. 진정한 아버지가 되기 위해서는 자신과 아버지의 관계를 회복해야 한다.

예를 들어 어느 아버지가 노름하고, 여자 관계도 복잡하고, 자식과 아내를 수시로 폭행했다고 하자. 그 아들은 그것을 보고 '내가 크면 절대 그러지 말아야지. 아버지 같은 사람이 절대로 되지 말아야지' 하고 마음을 먹지만, 그러한 분노의 감정, 폭력의 감정들이 쌓이고 쌓여 급기야는 폭발하고 만다. 이렇게 아버지의 악습을 은연중 닮게 되는데, 이것을 아버지의 영향력이라고 한다. 그런 나쁜 영향력을 끊기 위해서는 그렇게 했던 아버지를 용서하라는 것이다. 그래야 자신이 자유롭게 되고 새롭고 위대한 아버지가 될 수 있다는 것이다. 만약 그것을 끊지 못하면 조상 탓 하고 불평불만은 물론, 나쁜 아버지로서의 인식을 자식에게 유전시킨다고 한다.

요즘 아버지의 역할이 중요하고 아버지다운 아버지가 점점 희박해지고 있다. 나 또한 그런 아버지 중 한 사람이다. 시대가 변하고 있다. 전통적 유교 사상에 젖은 우리의 삶이 현 세대에 맞는 것도 많지만, 잘못된 유교적 사고방식의 아버지상에 대한 것도 적지 않다고 본다. 요즘 아이들은 그런 것을 이해 못 한다. 설사 이해한다 해도 아버지와 자식이 그 생각을 공유하기 힘든 부분이 많다.

* 위 내용은 교육을 받는 중 좋은 말씀이라 생각되어 메모했다가 여러분에게 도움이 될 것 같아 정리한 것이다. 내가 위대한 아버지라서 그렇다는 것은 아니고, 나도 그런 위대한 아버지가 되기를 원하는 바라 같이 나누고자 하여 정리한 것이다. 우리 친구들, 그리고 이 글을 읽는 아버지들 모두 위대한 아버지가 되기 바란다.

아들에게 주고 싶은 것

/

                            꽤나 오래된 어느 날, 불현듯 그런 생각을 진지하게 한 것 같다.

'내가 과연 아들에게 전해줄 것이 무엇일까?'

재산이라야 보잘것없고, 전부터 욕심이 있기는 하지만 돈이라든지 부동산이라든지 흔히 사람들이 말하는 재산에 대한 욕심이 없다고 생각하며, 가끔 아내가 부동산 투자에 대한 얘기를 하면 가차없이 묵살해 왔다. 꼭 필요한 것이라면 개인적인 것보다 공적인 부동산이 가치가 있을 수 있다고 생각하지만, 아직 나 자신과 가족을 위해서 특별한 경제적 가치 추구는 깊이 생각해 본 적이 없다.

아들에게 줄 것으로는 정신적 재산이 가장 중요하다고 생각했다. 가풍과 아버지가 아들에게 줄 가치 있는 무형의 재산이 중요하다고 여겼기 때문이다. 그래서 A4 용지에 몇 가지 중요한 생각을 정리하여 아들에게 프린트해 주었다.

자주는 아니지만, 가끔 아들 방에 들어간다. 그런데 아들 책상머리에 내가 준 '내가 전해 주고 싶은 것'이란 당부 사항 아닌 권유 사항이 유리 아래 깔려 있다. 속으로 가슴이 뜨끔하면서 뿌듯함을 느꼈다. 아들이 내가 전해준 것을 귀하게 여기고 있구나 싶어 참으로 고마웠다.

매일 보는 것은 아니지만 아버지가 고마울 때나, 혹은 아버지가 야속하고 미워질 때도 그 글을 보면 아들의 마음이 분명 달라졌을 것이라 생각하며, 가끔 보는 내용

> ## 내가 주고 싶은 것
>
> 세상에 주고 싶은 것이 너무나 많은데 그것을 다 준다면, 그 받은 사람은 행복할까? 단지 세상을 살아가는 방법을 충고해준다면 많은 용기를 갖고 재미있고 보람 있는 인생이 될 것이다.
>
> 1. 용기 있는 사람이 될 것.
> 　세상은 용기 있는 사람에게 기회를 부여한다. 용기가 없으면 잃어버리는 것이 너무나 많다.
> 2. 욕심 있는 사람이 될 것.
> 　그러나 나만을 위한 욕심은 안 된다. 서로를 위한 욕심을 가질 것.
> 3. 자신감을 갖는 사람이 될 것.
> 　자신감은 반 성공이다. 그러나 자만은 안 된다.
> 4. 겸손함을 가져라.
> 　세상의 어느 것도 나보다 훌륭함을 하나라도 갖고 있다는 것을 알아야 한다.
> 5. 대범하고 끈질겨야 한다.
> 　어쩔 수 없이 작은 것을 버려야 될 때가 있다. 큰 것을 위해 작은 아쉬움도 버려야 될 때가 있다. 그러나 작은 것의 중요성을 잊어서는 결코 안 된다. 또한 악착같은 마음으로 상대를 나의 것으로 만들어야 한다. -아버지의 말-

들이 이미 아들 마음속에 깊이 뿌리 박혔을 것이라는 생각을 해보았다.

사실 아들을 보면 늘 믿음직스럽고 자랑스럽다. 하지만 나는 그것을 잘 표현하지 않는다. 천성 때문이기도 하지만, 그 마음을 알아주었을 때 아들은 이미 충분히 성장한 것일 테니까. 아쉽고 미안하지만, 아버지는 그때를 기다리고 있다.

찢어진 사진

/

어린이날이 다가오자 초등학교 때 친구들과 찍었던 사진을 초등학교 카페에 올려야겠다는 생각이 들어 책장 한구석에 꽂혀 있는 앨범을 뒤적거렸다.

두 장을 넘기다가 초등학교 1학년 때 어머니와 찍은 사진이 반 이상 찢어진 상태로 붙여져 있는 것을 발견했다. 다행히 어머니와 내 얼굴은 남아 있었다. 어머니 얼굴은 안개가 심하게 낀 것처럼 희미했지만 내 얼굴은 환하고 선명하였다. 한 손에는 분명 연필 한 자루가 쥐어져 있었던 것 같은데, 그 연필을 든 손도 사진이 찢어져 보이지 않았다.

그 사진을 보고 여러 가지 일들이 떠올랐다. 그 연필은 보물찾기를 하였든지 소풍을 가서 달리기를 하여 이겼든지 해서 받은 것이 분명한데, 확실한 기억은 나지 않았다. 머리는 한쪽이 각이 진 좀 삐뚤름하게 이발된 상태였는데, 그건 분명히 어머니가 깎아 주신 머리였다.

어머니는 내가 초등학교 5학년 때까지 바느질할 때 사용하던 커다란 가위로 내 머리를 깎아 주셨다. 어떤 때에는 제법 잘 깎아 주셨지만, 어떤 때에는 잘못 깎는 바람에 머리를 조금씩 더 잘라 가며 다듬느라 나중에는 중국 영화에 나오는 왕서방 아들처럼 앞 정수리만 약간 길고 나머지는 거의 빡빡 깎은 머리가 된 적도 있었다. 그렇게 깎은 머리를 며칠 동안 창피함을 무릅쓰고 다녔던 기억이 난다.

또 어머니가 큰 가위로 싹둑싹둑 잘라내고 잘 다듬었다 해도 가위 자국이 꽤 많이 나는 바람에 일주일 정도는 가위 자국이 난 머리로 다니곤 했다. 사진에 있는 머리 상태는 그래도 좀 잘 깎였던 때로 보인다.

어쨌든 나의 모습은 그런데, 당시 어머니는 이장님 사모님으로 집에서 화장도 자주 하시고 사십도 채 안 되었을 때인데 지금의 여인들과 비교하면 사십오 세는 넘어 보이신다. 그 당시의 여인들이 나이에 비해 열 살 정도는 더 들어 보이는 게 아닌가 싶다. 어머니는 그때 얼굴에 분명히 동동구리무도 바르시고 분도 바르셨을 텐데, 사진이 뿌연 안개가 낀 것 같아 화장하신 흔적을 찾아볼 수가 없다.

사실 난 어머니한테 몹시 죄송한 일이 있었다. 그것을 어머니 살아 계실 때 사과를 했어야 했는데, 그러지 못했던 것이 지금 생각하면 너무나 가슴이 아프고 죄송하다. 그 사과를 지금 할 수가 없으니 말이다. 마치 없어진 사진 조각처럼……

어머니는 고생을 많이 하셨다. 반면 아버지는 일을 좀 안 하신 편이다. 어머니는 살림은 물론이고 농사일도 많이 하셨다. 특히 밭이 많았기 때문에 밭일을 많이 하셨다. 자식도 8남매나 되었으니 얼마나 일이 많았으랴. 반면 아버지는 술을 좋아하셔서 나는 일하는 아버지보다 술

취하신 아버지의 모습을 더 많이 보았던 것 같다.

그렇기 때문에 살림이 기울어져 갔을 것은 뻔한 일이라 그것을 지키려고 어머니는 부단히 노력을 하셨다. 그것이 어머니에게는 커다란 한이었고, 마음고생 또한 많았다. 아마 아버지도 마음속으로는 노력을 많이 하셨으나 자식들에게 돈도 많이 들어가고, 생활이 점점 궁핍해져 가자 일찌감치 자신감을 잃고 술로 그 마음을 달래신 것이 아니었을까.

내가 중학교에 들어갈 무렵 어머니는 밭에서 나는 배추라든가 농산물을 가지고 가까운 양곡시장이 아닌 인천으로 팔러 다니셨다. 배추가 어느 정도 자라면 솎음배추라 하는데, 배추를 솎아 밤늦도록 다듬어서 배춧단을 만들어 50단, 100단 큰 덩어리로 묶은 다음 커다란 보자기에 싸서 인천으로 팔러 다니신 것이다. 우리 집에서 솎아낸 배추가 적을 때에는 남의 집에서 솎아낸 배추도 받아 팔러 다니셨다. 어머니는 그렇게 여름철에는 배추장수가 되셨다.

나는 그것이 못마땅해서 그런 어머니를 창피하게 생각했다. 쓸데없이 자존심이 강했던 나는 어머니 하시는 일이 너무나 싫어 기분 좋게 도운 적이 한 번도 없었다. 그래서 이리 피하고 저리 피하며 어머니 하시는 일을 안 도와드렸다. 오히려 투정 부리고 화를 낸 적이 비일비재했다. 그러는 못난 아들을 어머니는 한 번도 나무라지 않으셨다. 아들이 창피해하는 것을 다 알고 계셨던 것이다.

그런데 더 나빴던 것은 학교 갈 때는 어머니한테 뻔뻔스럽게 손을 내밀었다는 것이다. 등록금은 물론 용돈도 이틀이 멀다 하고 손을 벌렸으니 말이다.

아침이면 친구들과 여학생들이 버스를 타고 학교에 가기 때문에 버스는 항상 만원이었다. 어머니도 일찍 그 버스를 타고 인천 시장으로 가야 했기에 그 큰 배추 뭉치를 버스 안으로 밀어넣으셨다. 버스 운전기사는 있는 불평, 없는 불평을 다 해대며 마지못해 버스에 실어 주곤 했다. 나는 그 모습을 친구들과 여학생들이 보는 것이 창피하고, 어머니가 운전기사한테 불평을 듣는 것이 화가 났다.

그 모습을 보기 싫어 학교에 미리 가거나, 아예 어머니가 떠난 다음에 가곤 했다. 어쩌다가 비가 와서 버스를 타야 하는 경우에는 어머니를 아는 척도 안 했던 나였으니, 참으로 나쁜 자식 놈이었다.

그렇게 고생하시면서 나를 고등학교 마치게 해주었고, 대학도 보내주셨다. 물론 동생들도 학교에 다 보내주셨다.

나중에는 그것이 취미가 되셨는지, 내가 대학 마치고 직장 다니고 결혼하고 사장이 되었는데도 어머니는 양곡 길모퉁이에서 야채를 파시고 나물을 해다 팔곤 하셨다.

그때는 나도 어느 정도 철이 들었는지 어머니가 이런 일이 취미가 되셨나 보다 하며 체념하고 때로는 도와드렸다. 속으로는 싫어하는 마음이 없지 않았으나 어머니 기분을 맞춰 드리려고 애를 썼다.

그러면서 과거 내가 어머니한테 잘못했던 일을 마음에 담아두었다. 참 죄송했다고 말이다. 어머니한테 사과를 해야겠다는 생각은 미처 못 하고, 내가 잘못한 것만을 마음속에 꾹 담아두고 있었던 것이다.

대학까지 보냈더니 아들이 사장 되었다고 어머니는 은근히 이곳저곳 다니면서 자랑을 하셨다. 아이들과 아내를 데리고 집에 가면 그렇게 기뻐하실 수 없었다. 며느리가 맘에 드셨던 모양이다. 당시 세 며느리를 두셨는데 첫째와 둘째 모르게 사랑을 표해 주셨다. 어머니도 여자인지라 손위 두 며느리를 경계하면서 사랑을 베푸신 것이다.

그리고 변변히 용돈도 드리지 못했는데, 시장에 야채를 조금씩 내다 팔아 번 돈으로 오히려 우리 아이들에게 과자를 사주거나 용돈을 주셨다. 우리 애들이 동물을 좋아하고 식물에 흥미를 갖고 있는 것도 알고 계셨다. 손자 손녀 보기를 기뻐하셨고 지극한 사랑을 주셨던 어머니다.

아들이 학교 갔다 오다가 교문 앞에서 병아리를 번번이 사왔다. 그러나 3~4일 후면 병아리들이 꼬박꼬박 졸다가 결국은 떠나 버리곤 했다.

그런데 요행스럽게도 한 마리가 무사히 살아남았다. 집에서 키우다가 도저히 작은 아파트에서는 감당이 안 되어 할머니 댁에 맡기기로 했다. 아들과 딸도 그러는 것이 좋겠다고 하여 어머니한테 맡기고 매주 병아리를 보러 갔다.

하루는 어머니한테 "점심때쯤 갈게요" 하고 전화를 넣었다. 그런데 좀 당황하시면서 "애비야, 좀 천천히 오렴" 하시는 것이었다. 영문을 모른 채 좀 늦게 온 가족이 어머니를 뵈러 갔는데, 아주 불안해하시는 것 같았다.

오자마자 아이들은 병아리가 있는 닭장으로 달려갔다. 그런데 병아리가 유난히 커보였다. 좀 이상한 생각이 들어 "병아리가 이제 닭이 되었네요!"라고 하였더니 어머니가 나를 구석진 곳으로 끌고 가더니, 사실은 키우던 병아리를 들고양이가 잡아먹었다는 것이다. 고민하던 차에 내가 내려가겠노라고 하니까 퍼뜩 겁이 나셨다고 한다.

급히 10여 리나 되는 마송장(5일 장이 열리는 곳)에 가셔서 적당한 병아리를 찾았으나 마땅한 것이 없자 그중에서 가장 작은 닭을 사왔다고 귀띔해 주셨다. 아이들은 다행히도 병아리가 그렇게 큰 것으로 믿어서 마음의 상처 없이 그 위기를 지혜롭게 넘길 수 있었다. 그리고 이제 많이 자랐으니 닭장에서 다른 닭과 같이 생활해야 한다고 아이들을 이해시켰다. 어머니는 그런 분이셨다.

그러다가 늦은 가을 어느 날, 어머니가 "애비야! 김장 배추 가져가야지?" 하고 전화를 하셨다. 아들이 내려오기를 바라신 것이다. "네, 어머니! 다음 주에나 갈게요" 하고 전화를 끊었는데, 그날 저녁 형님한테 전화가 왔다. 어머니가 갑자기 쓰러지셨다고 말이다. 배추를 다듬고 밭일을 하시다가 어지럽다며 방에 들어와 누우셨는데, 그 뒤로 의식이 없으신 것이다. 여의도 성모병원으로 급히 모셨으나 가망이 없으셔서 집으로 모셨는데 곧 운명하셨다.

옛 사진을 보다 보니 어머니에게 사과를 못 드린 것이 가장 안타깝다는 생각이 들었다.

"죄송했어요! 어머님, 용서해 주세요. 제가 너무 나빴어요, 어머님."

그래도 어머님은 조용히 웃고만 계시는 것 같다. 사진에서와 같이 조용한 미소로 말이다.

---

* 떨어져 나간 사진을 도저히 찾을 길이 없다. 어머님께 사과드리지 못한 것 역시 생전으로 되돌려 사과를 드릴 수가 없다. 그래서인지 그 사진을 보면 더욱 쓸쓸한 생각이 든다. 떨어져 나가 복구할 수 없는 내 마음처럼 말이다.

아버지와의 대화

/

요즘 50대의 아버지들이 자식들에게 제일 듣고 싶어하는 말은 "아버지 존경합니다"라고 한다.

여기에는 아버지로서 갖은 노력을 다 했으나 자녀들의 기대에는 못 미쳐 미안한 마음이 있다는 것과, 반대로 자녀들이 부모 특히 아버지에 대한 기대가 지나쳐 그 기대감을 충족시켜 주지 못하고 있다는 의미가 담겨 있다고 볼 수도 있다.

모든 행동이 모범이 되고 욕구가 충족되어야 존경을 받기도 하지만, "존경합니다"라는 말을 듣기 위해서는 우선 부모와 자식 사이에 대화가 자주 이루어져 의사소통이 될 때 존경심도 나오게 될 것이라 생각한다.

얼마 전 친구 아버님이 세상을 떠나셨다. 그 일이 30년 전에 돌아가신 아버님 생각을 나게 했다. 제대로 못다한 쓰라림이 새삼 가슴에 오래도록 남았다.

참으로 한국의, 아니 우리 세대의 아버지들은 말씀이 없으셨다. 단지 행동으로 보여주셨을 뿐이다. 그러한 아버지 밑에서 자식들 또한 아버지에게 별말 없이 묵묵히 지냈다. 가끔은, 아주 특이하게도 부자 간에 대화가 많은 가정이 있기는 하였지만 내 주위에는 별로 없었던 것으로 기억한다.

나의 경우에는 늘 술을 즐기시던 아버지가 거나하게 취하셨을 때 농담을 건네기 시작하면 기회다 싶어 내 마음을 전했던 기억이 난다. 그 외에는 진솔한 대화가 사실 없었다. 정말로 멋없는 부자지간이었다.

아버지가 돌아가시기 전에 나는 박정희 대통령 서거로 인하여 전국 모든 대학에 휴교령이 내려지는 바람에 집에 내려와 있었다. 당시 아버지는 설암으로 투병하시다가 당신 삶이 얼마 남지 않았음을 알고 계셨다. 물론 가족들도 모두 그 사실을 알고 있었다.

그러던 어느 날, 아버지와 툇마루에 나란히 앉게 되었다. 멀리 푸른 벌판을 쳐다보며 나와 아버지는 아무 말 없이 앉아만 있었다. 하지만 그 말없음 속에서 나는 아버지와 마음의 대화를 많이 했다. 나에게 뒷바라지를 제대로 못 해주는 것을 한없이 미안해하는 아버지의 마음을 충분히 감지할 수 있었다.

나 또한 먼저 가시는 아버지에 대한 야속한 마음과 내가 잘해 드리지 못했던 죄송한 마음을 들판을 쳐다보는 눈길 속에 가득 담아 전했다. 아버지는 분명 그 마음을 느끼고 계셨다.

결국 우리 둘은 소리 없는 울음으로 긴 시간을 보내다가 해질녘에 말없는 대화의 끝을 맺었다. 그것이 나와 아버지가 나눈 가장 긴 대화였다.

며칠 후 휴교령이 해제되어 학교를 다니다 마침 주말이 되어 집에 왔을 때 아버지는 고통으로 괴로워하시다 세상을 떠나셨다.

아버지와의 말없는 대화, 그것이 나와 아버지의 가장 진솔한 대화였고 마음과 마음이 통한 대화였다고 말하면 누가 믿을까? 그건 나와 아버지만 아는 사실일 뿐이다.

나뿐만 아니라 이러한 대화를 한 사람들이 많을 것이다. 지금도 가능한 대화라 하겠지만, 요즘 그것을 이해할 사람은 별로 없을 것이다.

나 역시 그 방법이 아닌 대화를 통해 내 마음을 자식들에게 전하고, 자식들 또한 나에게 기탄없이 이야기를 한다. 오히려 나의 대화 방법은 아이들만 못하다. 강압적으로 명령하고, 독선적인 면이 많기 때문이다.

그것은 내가 기준이 되기 때문이다. 내가 옳다고 생각하기 때문이다. 그런 잘못된 아집을 갖고 있을 때가 많기에 대화를 할 때는 벽이 생기고 금이 갈 때가 한두 번이 아니다.

이야기를 되돌려서 그때 나와 아버지는 마음과 마음이 통하는 대화를 했고, 흉금을 털어놓고 서로를 이해하는, 그리고 서로를 사랑하는 마음으로 대화를 했다. 그러기에 입 밖으로 한마디도 하지 않았지만 모든 얘기를 다 할 수 있었던 것이다.

대화는 그런 것 같다. 내가 상대방의 마음속을 사랑스럽게 들여다보며 조심스럽게 다가가는 것, 그것이 진정한 대화인 것 같다. 새삼스럽게 아버님을 생각하면서 좋은 대화를 잘할 수 있는 교훈을 하나 얻는다.

25년 만의 외출

〈7년 만의 외출〉이란 유명한 여배우 마릴린 먼로가 나오는 영화가 있었다. 사실 이야기는 여자가 가정살림을 하다 오랜만에 외출하는 내용이 아니고, 남자 주인공인 리처드가 아내와 아이들을 피서지에 보낸 후 혼자 생활하면서 과대망상에 시달리다 벌어지는 해프닝을 그린 것이다.

그런데 우리는 오랜만에 외출한다고 하면 대부분 그 당사자가 여자라고 생각하는 경향이 있는 것 같다. 7년이 아닌 그야말로 그보다 세 배가 넘는 25년 만의 외출을 한 주인공을 나는 아주 가까이에서 목격(?)하게 되었다. 다름아닌 나와 25년을 동고동락한 아내이다. 어쩌면 25년 동안 구속시켰던 장본인이 나라고 할 수 있는데, 아내의 외출에 당황도 되고, 과연 제대로 다녀올 것인가 하는 걱정도 되었다.

어쨌든 갱년기에 접어들면서 여기저기 아프고 불편하다던 아내가 마음의 커다란 반란을 일으켰고, 그 반란은 행동으로 곧 이어져서 가정을 박차고 세상 밖으로 나간 것이다. 한편으로는 아내에게 빼앗을 것 다 빼앗고, 누릴 것 다 누린 다음 동정 어린 마음을 베풀듯, 선심을 베풀듯 남편이란 작자가 그녀를 놓아준 것이다.

지치고 별로 건강하지 않은 아내가 세상 밖으로 나가자 내심 '저 사람 과연 제대로 할 수 있을까?' 반신반의하면서 무관심한 듯 지켜보고 있었는데, 역시 3일쯤 지나니 예견했던 반응이 나오기 시작했다. "힘들어서 못할 것 같아!", "내가 왜 이것을 시작했지?" 그러한 말들이 아침저녁으로 내 얼굴을 볼 때마다 그녀의 지친 입술에서 나왔다.

그것도 과정이려니 하면서 나는 "그래그래, 힘들면 그만둬요" 하고 달래듯 하며 '과연 이 사람이 어느 정도 버틸 것인가' 하고 은근히 즐기기까지 했다.

그렇게 하기를 한 달가량 하더니 그다음부터는 "다음 한 달만 더 해야지" 하고 그만둔다는 기간을 좀 길게 잡았다. 그러더니 두 달이 지났을 때는 "이번 봄까지만 해야지!" 하는 것이 아닌가.

언제 그만둘지 모르겠지만, 그렇게 다짐하는 말로 아내는 자신의 어려움과 괴로움을 달래고 있다. 어쨌든 나는 모든 것을 아내 스스로 결정해야 한다는 것을 알고 있다. 25년 만에 감행한 아내의 외출이 그녀의 마음속에 쌓여 있던 회한, 불만, 스트레스, 구속감, 부담감 등을 다 털어내고 해방이 되어 좋은 결실을 맺고 돌아오기를 바랄 뿐이다.

그래도 고마운 것은 일한다면서 아침·저녁 식사 문제로 나에게 전혀 피해(?)를 안 준다는 것이다. 한 끼를 거른다거나, 내가 식사를 준비해야 한다는 부담감을 한 번도 주지 않고, 혹시 늦어지거나 식단이 부실하다 싶으면 미안한 마음을 표한다.

사실 나 자신도 크게 변했다. 어릴 때부터 어른, 특히 할머니가 말씀하시길 남자가 부엌을 드나들면 뭐가 떨어진다고 하신 이야기가 하나의 관념이 되어 그전에는 밥 차릴 때 아내를 거드는 일 따위는 결단코 없었다. 그런데 지금은 그런 일들을 내가 하고 있다. 너무나 큰 변화이다. 혹시 아내가 늦지나 않을까 하여 식사하는 동안 설거지를 한다든지, 피곤하여 쌀을 씻어 놓지 않으면 새벽에 쌀을 바가지에 담아놓는다든지 한다. 참으로 내가 생각해도 한두 달 사이에 너무나 많이 달라져 놀라움을 금치 못할 때가 있다.

아무튼 한 여인의 외출로 인해 그 자신이 변했고 나 자신도 변했으며, 아이들도 많이 변했다. 아이들 이야기는 우선 어머니 특유의 잔소리와 관심이 적어졌다는 것, 그리고 아이들 스스로 해야 하는 일들을 분별하게 되었다는 점이다. 아내의 외출은 그토록 큰 변화를 가져왔다.

아내가 하는 일은 불우한 가정의 병든 사람들이나 건강이 좋지 못한 사람들을 돌보는 것이다. 그 일을 하면서 많은 것을 느끼고, 또 보람을 느끼는 듯하다.

사실 하나님을 믿으면서 예수님처럼 사람들을 이 모양 저 모양으로 사랑해야 하는데, 세상 사람들을 위해서 사랑을 베푸는 것이 쉽지는 않다. 그 일을 하면서 약간의 사례를 받기는 하지만, 애초 나와 아내는 사례 같은 것은 전혀 신경 쓰지 않고 오직 사랑하고 봉사하는 마음으로 하기로 했던 것이다.

아내는 아침에는 가까운 데 사는 분과 같이 출근하지만, 돌아올 때에는 나의 사업장과 그리 멀지 않은 곳이라 나와 같이 퇴근한다. 집에 오는 길에 나는 예외 없이 그날 하루 있었던 일들을 아내에게 묻는다.

오늘은 어떤 보람 있는 일을 했는지, 또 어떤 일을 했는지…. 그리고 잘한 일에 대해서는 칭찬해 주곤 한다. "당신은 참 천사야!" 하면서 말이다.

돌보는 사람들 대부분이 노인들과 연약한 분들이라 힘도 없고, 능력도 없고, 거기에 아는 것도 없어 국민으로서 당연히 누려야 하는 혜택도 못 받는 경우가 많다고 한다. 또 나라에서 주는 혜택이 아니더라도 사회봉사단체에서 베푸는 혜택도 알지 못해 못 받는 일도 많단다. 그러한 것들을 아내는 그들의 건강을 체크하면서 알려주고 수혜도 받게 해준단다.

그리고 국가나 사회봉사단체의 혜택으로도 안 되는 일들이 있으면 다른 방법을 찾아보기도 하고, 살아가는 방법을 조언해 주기도 하며, 그들의 한탄도 들어준단다. 또한 하나님의 복음을 전하면서 그 사랑을 전하고 기도도 해준다고 한다.

내가 보기에는 참으로 아름답고 화려한 외출임에 틀림없지만, 또 그 일을 계속할 수 있으면 좋겠다는 바람이지만, 아내의 체력이, 몸의 컨디션이 잘 받쳐줄지가 걱정이다.

또한 그 의지가 어떠할지도 나로서는 관심거리이다. 왜냐하면 이제까지 살아오면서 나와 우리 가족에게는 천사였지만, 그 영역을 넘어 세상 사람들에게도 나의 아내가 천사이기를 바라기 때문이다. 아무리 부부이지만 그 점은 내가 건드릴 수 없는 그녀만의 영역이기 때문에 가만히 지켜보며 그녀가 건강하게 잘 지내길 바랄 뿐이다.

그러기를 벌써 두 달이 지났다. 두 달이 지나며 아직 여름 얘기를 안 하는 것을 보니, 이번 한 달은 또 그렇게 천사로 남을 것 같다.

분명 집에 갇혀 사는 천사보다는 세상으로 나아가 사랑을 베푸는 천사가 더 아름답기는 한데, 그 천사의 머물 자리가 어디가 될지 이제는 마음이 조마조마해진다.

　그리고 그 25년 만의 외출이 그녀 자신뿐만 아니라 나를 비롯한 가족, 그리고 그녀를 바라보는 세상 사람들 눈에 화려하고 아름답기를 바라는 마음이 간절하다.

다시 가정으로

"다녀와요!" 하면서 부끄러운 듯 문 뒤로 숨는 아내의 모습은 약 6개월 만에 보는 것이었다.

예외 없이 나는 아내를 따라 문 뒤로 가서 가볍게 입을 맞추며 귓볼을 잡아 보기도 하며 장난을 치다 엘리베이터 멈추는 소리에 다시 입을 맞추고 후다닥 출근을 했다. 지난 6개월 동안 우리 둘은 허둥대며 출근하느라 정신이 없어서 현관문에서의 세레모니가 거의 없었기에 새로운 기분을 정말 오래간만에 맛본 셈이다.

전직이 간호사였던 터라 아내는 그동안 자신의 라이선스를 가지고 잠시 일을 하였다. 반년 동안 600여 가정의 병자, 불우한 사람, 삶이 고달픈 사람들의 건강을 보살펴 주고, 그들과 헤어질 때는 용기를 북돋아 주고 격려를 해주면서 하나님을 믿고 살라며 전도도 열심히 했다.

아내의 성격이 적극적이어서 자신이 도울 수 있는 일은 끝까지 파고들어 결실을 맺어 그분들이 받을 수 있는 혜택을 다 받게 해준 일도 여러 번 있었다.

그러한 일들이 나로서는 크나큰 대리만족이었다. 아내를 통하여 기쁨을 맛보았고, 나 자신의 행동이 아님에도 불구하고 마치 내 자신이 선행을 한 것 같은 기분이 들었다. 그러다 이내 아내의 선한 일을 도둑질하는 것 같아 마음을 돌린 적이 한두 번이 아니다.

그런데 불행하게도 4개월째 되던 어느 날, 계단을 내려오다 발목을 접질려 고생하다 도저히 견딜 수 없게 되어 그 일을 놓게 되었다. 전문의의 말로는 쉬는 방법뿐이 없다 하여 여러 날 고민 끝에 내린 결론이었다.

이제 그러한 일을 당분간 못하게 되었다. 아니 언제 또 그러한 일을 하게 될지 모르겠다. 사람들에게 베풀 수 있는 것은 마음먹기 달렸지만 기회가 있는 것 같다. 한 번의 짧은 기회는 지나갔지만 그보다 더한 사랑을 베풀며 살아가야 한다는 마음은 나나 아내나 마찬가지다.

어찌되었든 아내가 가정으로 되돌아옴으로써 6개월 전의 활기찬 출근이 다시 시작되었다. 나 자신은 좋은 밥, 맛있는 밥, 서두르지 않는 출근길이 되어 지금은 너무도 편한 나날들이다.

나의 행복으로 인해 아내가 도와주던 그 사람들이 불행한 일은 없으리라 생각되지만, 한편으로는 미안한 생각이 들기도 한다.

가족과 가정
●

시편

시라고 하기에는 부끄러운 글들뿐입니다.
하지만 시인만 시를 쓰는 것은 아니겠지요.
그래도 시같이 흉내를 내보았습니다.
저는 생각이 사상이 깊은 사람이 못 되므로
시 내용이 특별한 의미는 없습니다.
그저 낮은 감성의 느낌 그대로 표현했습니다.
정치와 세태를 비판하는 참여시 같은 것은 좋아하지도 않습니다.
의미를 담아 글로 표현 못 하는 사람입니다.
그냥 써보았습니다.
여러분도 한번 써보시지요.
그냥 마음 가는 대로 말입니다.

똥그르르

/

산에는 울긋불긋
단풍 드는데
길가 은행잎은
노오란 꾀꼬리 단풍

똥 떨어진다 뗑그르르
똥그르르 똥 떨어진다
뗑그르르 똥그르르
길바닥에 똥그란 똥이
자꾸만 떨어진다
뗑그르르 똥그르르

* 이 동시는 몇 년 전 초등학교 친구들과 함께 간 가을 야유회에서 어린 시절을
  생각하며 점심식사 후 친구들 앞에서 낭송한 것이다. 모두 동심이라 친구들은

까르르 까르르 웃어댔다.

그중 한 친구가 "야! 옆 손님 식사하시는데 똥 떨어진다고 하면 어떻게 해!" 하고 주의 겸 핀잔을 주었다. 옆자리에는 40대의 어느 아주머니와 아이들 둘이 식사를 맛있게 하고 있었다. 그것도 모르고 예의 없이 우리만 있는 것처럼 소리치고 시끄럽게, 그리고 똥 떨어지는 시를 읊어 댔던 것이다. 아주머니는 그 소리를 듣고 화를 안 낼 수가 없었다. 밥 먹는데 똥 얘기 했다며 한 소리 하고 밖으로 나갔다. 정말 미안했다. 사실 그건 똥이 아니고 동심으로 돌아갔을 때 은행이 익어 떨어지는 것이 모양도 그렇고 냄새도 그래서 똥 같다는 생각으로 시를 썼던 것인데…. 어쨌든 그 아주머니한테 미안했다.

그러나 같이 엄마와 밥을 먹던 소년 둘은 사실 재미있다고 생각했을 것 같다. 왜냐하면 우리도 그 애와 같은 동심이었기 때문이다. 제발 기분이 나쁘지 않았다면 좋겠다.

고추 따기

/

학교에 다녀왔다

아부지가 고추를 따야 한다고 같이 가자고 하셨다

싫은데…

근데 아부지는 가야 한다고 하신다

앞서가는 아부지 뒤를 투덜대며 신발을 질질 끌며 저만치 뒤쳐져 갔다

길다란 밭이랑에 빨갛게 익은 고추가 지겹게도 많이 달려 있다

한 개 한 개 비틀어 따서 망태기에 담았다

갑자기 키득 웃음이 나왔다

이건 주천이 잠지 같아 크크크

이 꼬부라진 건 진원이 고추 같고 킥킥

매끈하게 생긴 넘은 면건이 꺼 같네 하하

우와! 이 큰 건 미국놈 거시기 같네 히히히

짧고 굵은 건 재원이 형아 고추 헤헤

이 길다란 건 태현이 꺼 크크크

혼자 낄낄대고 있는데
갑자기 머리통에 알밤이 날아들었다.
빨리 따기나 해, 이놈아!
아부지의 호통이다

* 이 동시는 초등학교 6학년 때 쓴 것이다.

봄의 요동

/

봄이라네요
은근히 마음이 바빠지고 흥분이 됩니다
무엇을 기대하기에
그런 마음이 앞서는 것 같습니다

훈풍이 불어 대지는 녹고
새싹이 돋고 꽃도 핀다지요?
철새도 날아와 노래한다네요
그러니 내 마음도 흥분할 수밖에요

그것도 그렇지만 알지도 못할
어떤 신비한 기운이 있어
가슴이 요동칩니다.
그 요동이 세상을 향해 맑고 큰 소리로
나의 봄을 노래하고 싶네요

진달래

/

연두색 주름치마를 입었던 소녀를 보았다
그 소녀가 사는 뒷동산은 온통 분홍빛이었다.
처음 그 소녀를 본 순간 나의 얼굴은 분명 분홍빛이 되었었다
세월이 흘러 그 소녀가 살던 뒷동산을 보았다.
진달래는 하나도 보이지 않았다
몇 년을 가보았으나 진달래는 여전히 없었다.
우연찮게 그 산에 올랐을 때 이유를 알았다
연분홍 진달래는 큰 나무가 되어 있었고
더 크게 자란 나무숲에 가리어져 있었다
어릴 적 보았던 그 많은 진달래들이 반갑게 맞아 주었다.
왜 이제야 왔느냐 하면서

4월을 보내며

/

이제 알 것 같아요. 4월이 잔인하다고 한 이유를,
게다가 야속함도 있더라구요.
노란 우산을 들고, 분홍빛 립스틱을 한 그 여인은
나에게 웃음만 흘린 채
가겠노라는 인사도 없이 무정하게 떠나 버렸어요
며칠을 허탈한 마음에
인적 드문 공원을 말없이 맴돌았어요
아쉬움과 야속한 마음을 달래면서 말이죠
터벅터벅 걷고 있을 때
부드러운 손이 내 얼굴을 보듬어 주었어요
마치 아기의 보드라운 살결처럼 말예요.
그 작은 손이 나에게 속삭였죠
내 얼굴과 머리에 살랑이며
원래 사랑이란 그런 것이고
그 여인은 늘 그렇게 떠난다네요.

내리는 봄비

/

예고되지 않던 봄비가 내린다
긴 걸음에 지친 내 마음이 아리게 아파진다
이 아린 마음 나름 즐겨 볼까 생각했지만
그러기엔 내 마음이 아직은 여린 것 같다
그래 내려라 내려 나를 아리게 하는 봄비야
내 마음을 네 빗줄기에 실어 보내고 싶다만
너무 짧은 순간이 아까워
이 깊은 마음을 너에게는 실어 보낼 수가 없구나
네 마음이 내 마음이니 차라리 깊이깊이 내가 간직하고 싶구나

비 오는 밤

연인을 만났다
밤은 와인의 빛깔을 닮아 갔다
긴 침묵 속에
빈잔은 헤어짐을 맞았다
주룩주룩 비는 내리고
밤은 몽롱 속으로
허무함과 아쉬움으로 끌어들였다

어느 아저씨의 세월

/

얼마 전 꽃이 피었었다
불과 며칠 전에는 무척 더웠었는데
오늘 참 하늘도 맑고, 벌판이 누렇게 물들어 보기 좋구나!
며칠 있으면 낙엽이 바람에 뒹굴고
하지만 마음이 쓸쓸해지겠지?
또 얼마가 지나면 북풍이 세차게 불고 눈이 오겠지?
그러다가 훈풍이 불고 또 꽃이 필 거야
그렇게 그렇게 세월은 가고 또 오는 거야
아저씨는 그런 세월이 오가는 것을 잘 알고 있답니다.

꽃이 이슬을 머금듯이

/

꽃, 그 자체는 아름다워야 한다는 부담이 있지만
그 꽃이 이슬을 머금으면 더욱 싱싱해 보이고 아름답게 되죠
사람, 사람은 아주 존귀하고 아름다운 존재이지요.
그 사람이 사랑이란 이슬을 머금고 있다면,
정말 아름다운 사람이라고 생각해요.

고운 말씨
착하고 고운 마음
잔잔한 미소, 때로는 함박 웃는 웃음
상대방의 마음을 헤아려 베풀어 주는 마음
이러한 것들이 사람들의 이슬이었으면 좋겠습니다.
꽃이 이슬을 머금듯이

홍대입구에서 오는 길

/

갈 때는 어수선한 버스 안에 매달려 갔지만
올 때는 한적한 버스에 몸을 실었다
긴 뒷좌석에 다리를 꼰 채 편안하게

차가운 햇볕을 창문이 따스하게 해주었다
흔들리는 차가 내 마음을 추슬러 주었다
이대로 머얼리 가고 싶다

이렇게 편한 마음을 새삼스럽게 느껴본다
버스 안에는 공기마저 상쾌하다
운전기사와 초로의 아주머니와 젊은 연인 두 사람뿐
그래서 내가 더 자유롭고 편하다

만회(晚回)

/

그 소녀 데려간 세월을 미워만 했다
까마득히 멀어갈 즈음
그 소녀는 국화 옆에 초연히 서 있었다
겸연쩍게 웃어 주던 그 미소 속에는
세월의 애처로움이 깃들어 있었다
눈꼬리에 쳐진 잔잔한 긴 세월은
내 마음에 격랑(激浪)으로 와 닿았다간
긴 애달픈 한숨을 허공으로 토해냈다
아직도 까만 눈동자 속에는
그 소녀가 하염없이 웃고 있었건만

가을날에

/

가을이다!
문득, 별로 친하지도 않았던
그런 친구가 보고 싶다.
만나면, 말없이 조용한 웃음으로
그동안 궁금함을 다 지우고 싶다
그리고 그냥 덤덤히 헤어지고 싶다
그림자 길게 늘어진 황혼 저녁에
어릴 적 그렇게 헤어졌던 것처럼

양수리

차가울 것 같은 비가 내린다
강물을 보면서 떠가는 유람선에 내 마음을 실었다
수많은 동그라미를 지우며 양수리의 넓은 곳으로 갔으면 좋겠다
그 유람선이 잠실 수중보를 올라타고,
잠시 찻집에 앉아
진한 에스프레소로 숨을 고른 후
그 높은 팔당댐을 뛰어 넘어가고 싶다
그리고 양수리에서 뱃머리에 턱을 괸 채
차가운 비가 만드는 작은 동그라미를 보고 싶다
없어지고 또 생기는 수많은 동그라미들을

늦은 사랑

/

가을날의 단풍잎이 내 마음같이 붉지는 않았을 거다
불붙기 시작한 회나리가 나보다 뜨겁지 않을 거다
다만 내 가슴을 억누르며
조금씩 강하게 당신에게 분출할 뿐
결코 멈추지 않을 나의 불꽃이기에
사랑을 자꾸자꾸 불태워야만 했다
뜨거울지라도 결코 두려운 불꽃이 못 되리니

가을이 좋다

/

이 가을이 좋다
여름이 가서 좋고 곧 겨울이 오리니 좋다
붉게 누렇게 변해 가는 풍경을 보니 좋다
풍년 든 황금 벌판을 보니 마음이 풍성해져서 좋다
울타리 너머 잎을 떨군 채 달려 있는 홍시를 보니 좋다
떨어지는 낙엽을 보며 인생을 생각하니 좋다
헤어져 있던 그를 생각하며 안타까워하니 또한 좋다
마음이 서글퍼지고 외로움을 만끽하니 더욱 좋다
나는 이런 가을이 아주 좋다.

애비가 되어 보니

/

아이가 자라, 청년이 결혼하고, 아기를 낳고 아빠가 되었다.
아빠가 지질지질 고생하다가 애비가 되었다
이제 와서 뒤를 돌아보니 발자국은 다 지워지고
쳐진 어깨 밑에 늘어진 두 손엔 구멍 뚫린 면장갑만 끼워져 있구나!
그래도 지질지질 고생하던 추억의 자부심은 있을지도 모르지…

애비의 바람이 무엇인지 아니?
그저 해오던 대로 지질지질 더 고생하는 것이란다
그런 모습이 너희들한테는 애비의 모습이기 때문
그렇게 봐주고 그것을 단지 고마워해 주면 애비의 바람은 없단다.
하나 더 있다면, 너희들 철없을 때 아빠라 불러 주던 그 마음
지금도 그 천진한 마음으로 아빠라 불러주었으면 좋겠다.

그 외에 무엇을 바라랴? 너희는 너희의 희망찬 인생이 있는데.
자식들아! 애비의 남은 인생은 이렇단다
말했듯이, 사는 동안 할 수 있다면 지질지질 더 고생을 하는 것이란다.
나의 육신이 그 이상 더 할 수 없을 때
하나하나 실타래처럼 꺼내어 그 구멍 난 면장갑을 기우며 살겠다.

그리고 너희들의 인생들을 기쁜 마음으로 지켜보겠다.
그것이 행복 아니겠니?

겨울 끝자락

/

긴 겨울이 비틀림을 한다
추움을 쥐어짜고
투두두둑 얼음 덩어리를 쏟아붓는다

빈 공간을 잔뜩 머금어
곧 오실 훈풍 소식에
이내 빙수로 땅을 적신다

횡단보도 앞 빵집 1

/

공원 앞 횡단보도 앞에는 빵집이 있다
파란 불 기다리는 동안 빵집 안을 들여다보았다
젊은 연인들 마냥 즐거운 모습들이다
그리고 술 취한 아줌마와 아저씨가 마주앉아 있다.
두 사람의 얼굴 간격은 9.6센티미터
별로 심각해 보이지 않는 얘기를 하는 것 같다
카운터 아줌마는 꾸벅꾸벅 빈 의자를 향해 인사한다
모두 오늘 하루 수고한 모습들이다

횡단보도 앞 빵집 2

/

1600미터 외곽트랙을 세 번째 돌 때,
어느 후미진 곳 계단 앞에 40대 초반의 남자가
말티즈에게 말하고 있었습니다.
"엄마 어디 있어?" "저기 봐라 엄마 있다"
궁금해서 쳐다봤더니 자기 부인인 듯했다

순간 괘씸한 생각이 들었습니다
'니들 둘이 사랑해서 개를 낳았냐?'
'아니면 당신 부인이 개와 사랑을 해서 낳은 거냐?'
마음속으로 불필요한 분노를 느끼며 한 바퀴를 더 돌았습니다.

돌아오는 길에 빵집 앞에 멈추어 그 안을 들여다봤습니다.
서너 팀의 남녀들이 진지하고 다정스럽게 얘기를 나누고 있었습니다
오늘도 그들은 많은 수고를 한 것같이 보람찬 모습들이었습니다.
그들은 개와는 친척이 아닌 듯싶었습니다.

교회에서 돌아오는 길

/

아내가 좋아하는 길을
오늘밤은 내가 걷기로 했다.
오른쪽은 빠알간 담쟁이로 가득 찼고
왼쪽은 은행나무 가로수가 노오란 꾀꼬리 단풍
단풍길 길다란 터널 지나는 듯한데
담쟁이와 은행나뭇잎은 바람에 팔랑 떨어집니다

이른봄 잿빛 길다란 담장 밑에는
보랏빛 제비꽃이 다소곳이 피어 있었습니다
사월에는 영산홍, 라일락
오월에는 장미와 하얀 수국이 피어 있었습니다.
그래서인지 그 길을 아내는 즐거워하였고
그 길을 지날 때에는 세상 걱정을 잊었습니다.
그러나 이 밤은 내가 즐겁습니다.

홍얼홍얼 못다 부른 찬송가를 부르며
은혜 받은 말씀을 기억하며
노란 은행잎들과 떨어진 담쟁이들을
두 발을 질질 끌어 헤집으며
아내가 좋아하는 길을 내 길인 양 걸어갑니다.

글이라는 것은

/

가끔은 글을 쓰고 싶다
아름답고 멋들어지게
내 자신을 감동시키고 싶을 때가 있다
그러나 이제는
연필을 아무리 예쁘게 깎아내도
마음 깊은 곳을 헤매도
빈 두레박만 올라올 뿐이다
글이라는 것은 어려울 뿐

아무도 없기에

/

아무도 없기에
누구 있소? 하고 불러 보았다
아무도 없기에
큰 소리로 웃어 보려 했다
아무도 없기에
좋아하는 노래를 흥얼거려 보았다

아무도 없기에
교향곡을 틀고 지휘를 해보았다
아무도 없기에
두 팔을 벌리고 바닥에 벌러덩 누워 보았다
아무도 없기에
라디오를 크게 틀고 음악에 맞추어 몸을 흔들어 보았다
아무도 없기에

조용히 앉아 책을 소리 내어 읽어 보았다
아무도 없기에
수미 조의 CD를 들고 따라 불러 보았다
아무도 없기에
나에게 그리 익숙지도 않은 긴 명상을 하다 그만 잠이 들어 버렸다

아무도 없기에…

만남

/

기억이 없는 일이었다지만
나에겐 생생한 만남이었다
스쳐지나간 흩날림이었다지만
세월은 긴 끈을 달고 다녔다
먼훗날인 지금의 나날들 중에서
그 줄을 당겨야만 했을 때에는
잃어버린 만남이 그에게로 다가갔다

November

/

바람이 스산하다
여인의 속에서 소녀가 나타났다
낙엽이 떨어지면 소리 없이 흐느끼고,
바람에 흩날리면 배시시 웃는다
애절한 여인의 속엔 소녀가 요동을 친다
그 소녀가 귀엽기만 하다

오실 님에 대한 바람

/

어쩔 수 없나 봅니다
버티려고 했었고 지키려고 했건만
님의 섭리를 거부할 수 없었나 봅니다
깨끗하고 청순한 모습으로
그 자리에 잘 있으려 했으나
어쩔 수 없이 가야만 하는군요.

님은 세상을 참 잘도 다루시네요
조화롭고 균형 있게 말예요
기왕에 새로운 때를 주시려거든
아름답고 함초롬한
희망의 새 날들이 왔으면 좋겠어

짠지

／

어릴 적 봤던 짠지독은 그리 깨끗하지는 않았었다.
소금을 잔뜩 녹인 허연 물 위에 허연 막이 늘 띄워져 있었다.
어머니는 손을 휘휘 둘러 둥그런 조선무 짠지를 거리낌없이 꺼내셨다.
그 짠지는 사각으로 얇게 썰리기도 하였고 길게 채썰리기도 했다.
어머니는 왜 그런 모양으로 번갈아 짠지를 써셨는지 나도 모른다.

어릴 적 서울 살던 고종사촌 동생이 외가에 오면
제일 맛있게 먹던 반찬이 짠지였다.
우리 어머니가 만드신 그 짠지가 사촌동생 입맛에 딱 맞았나 보다
내가 도시락에 짠지를 반찬으로 가져갈 때는 갖은 양념으로 무쳐 갔었다
어쩌다 싸오는 영철이의 도시락 반찬은 늘 허연 짠지였다

허기를 느껴 늘 지나치기만 하였던 식당에 들어가 보았다.
여러 가지 반찬 중에 짠지가 내 눈을 유혹했다.

어릴 적 먹었던 그 상큼한 그 맛 그대로 길게 채 썬 짠지를
오늘 나는 먹었다.
그런데 식당의 아주머니는 그 짠지를 왜 사각으로 얇게 썰지 않았을까?
우리 어머니는 사각으로도 짠지를 나박나박 잘도 써셨는데….

노량진공원

/

동작구 대방동 뒷산에는 노량진공원이 있다.
아기자기하게 꾸며져 있고 적당히 넓어 산책하기에 좋은 곳이다.
공원 꼭대기엔 이상하게 만든 탑이 있고 세 개의 벤치가 있었다.

저녁이 되면 아내와 손잡고 그 공원을 가끔은 산책을 했다
가로등이 켜진 공원을 이리저리 맘 내키는 곳으로
하지만, 그 꼭대기에 있는 탑은 꼭 지나야만 한다.

언제나 그 탑 아래 벤치에는 누런 이불이 펼쳐져 있었다.
그 이불 속에는 어느 누가 꼼짝도 않은 채로 누워 있었다.
얼굴도 안 보이고 발도 안 보이고 가운데만 불룩한 채로…
그리고 벤치 밑에는 다 떨어진 운동화가 가지런히 놓여 있었다.

지날 때마다 밤이 되면 그 자리에 그렇게 잠자리를 틀고 있었다.

비가 내리거나 눈이 내리고 혹독히 추운 날에도 늘 그러했었다
아내는 그 앞을 지날 때마다 무서워 빨리 지나쳐 버렸다.

어느 날 그 앞을 지날 때 그 벤치가 뽑혀져 없어진 것을 보았다.
벤치가 없으니 그 사람도 없어졌기에 참 잘했다 생각했다.
예닐곱 발짝을 더 가니 다른 벤치에 그 낯익은 이불이 펼쳐져 있었다
역시 그 벤치 밑에는 다 떨어진 운동화가 가지런히 놓여 있었다.

몇 개월이 지난 지금은 사람도 없고, 이불도 없고, 운동화도 없다
그 사람 때문이었을지도 모르겠지만 아직 벤치도 두 개뿐이다.
있었을 때 운동화라도 좀 멀쩡한 걸 놓아 줄 걸 그랬나 보다.
너무 인정 없게 그 사람을 내 스스로가 불편해했었나 보다.

왜 사는가?

/

왜 사느냐고 물었답니다.
어쩔 수 없이 세상일에 끌려 다니며 정신없이 홀려 산다나요.
그럴 수도 있다고 생각했어요.
나도 그렇게는 살아 봤거든요.

또 왜 사느냐고 물어 보았죠.
이번에는 어쩔 수 없이 마지못해 산다는 것이었어요.
사실 나는 그때 그렇게 살면 안 된다고 말하고 싶었어요.
왜냐하면 나도 한때에는 그런 삶이 있었거든요.

어느 때인가 문득 깨달음이 있었어요.
모든 삶이 나만을 위한 것이면 점점 더 어려워진다는 것을
나 혼자 나의 힘으로만 산다는 것이 힘들다는 것을
살며시 그것을 알려주시는 분이 있었답니다.

내가 왜 사느냐고요?
이제는 그 누구를 위해 살아야 한다는 것을 알았어요.
내가 그렇게 하면 그 누군가가 기뻐한다는 것을 알았죠.
또 내가 그로 인하여 행복하여진다는 것을 알았거든요

하지만 그것이 참 어려워요
기꺼이 그렇게 할 수 있었으면 좋겠어요.
그렇게 되기 위해 많이 노력하고 있어요.
그렇게 되리라 생각한답니다.

그녀가 스쳐지나가면

/

그녀가 스쳐지나갈 때

사락사락 부딪치는 머릿결의 속삭임을 들었다

그녀가 스쳐지나가면

향긋한 그녀의 향기를 내게 전해 주었다

그녀가 스쳐지나갈 때

내 가슴이 쿵쾅거릴 만한 커다란 파장이 지나간다

그녀가 나를 지나칠 때

사알짝 눈웃음쳐 줄 것 같은 기대를 했었다

실망 속에 그녀가 멀어졌을 때

나는 또 내일을 기다렸었다

그녀가 사라졌을 때

빈 그림자만 내 발끝까지 길게 늘어져 있다

사랑할 때의 노래

/

사랑을 할 때 들려오는 사랑의 노래는 다 나의 것이었다
슬픈 이별의 노래는 절대 나와 상관없는 노래라 거부를 했었다
기쁜 노래는 다 사랑하는 이에게 들려주고 싶었다
애잔한 노래는 아름답게 눈물짓는 그녀의 모습을 연상케 했다.
사랑이 있기에 노래가 있는가 보다.